司馬遼太郎

『街道をゆく』

用語解説
詳細地図付き

叡山の諸道 Ⅰ

全文掲載
中高生から
大人まで

朝日新聞出版

司馬遼太郎『街道をゆく』〈用語解説・詳細地図付き〉

叡山の諸道Ⅰ

目次

装幀　芦澤泰偉
地図　谷口正孝
編集協力　榎本事務所

司馬遼太郎『街道をゆく』〈用語解説・詳細地図付き〉

叡山の諸道I

最《さい》澄《ちょう》

知人が法華《ほっけ》大会《だいえ》をうけるという。

法華大会とは平安朝のころからつづいている叡山★1（天台宗・延暦寺）の宗内だけの行事で、四年に一度おこなわれる。

竪者《りっしゃ》（受験僧）が津々浦々からあつまってきて山上の諸坊★2にとまり、延暦寺大講堂において問難《もんなん》（試験官の質問）に応答する。

論題は、天台宗の根本的な経典である『法華経』★3から出題されるが、多分に形式化していて、受験の内容そのものはむずかしくないらしい。

内容よりもむしろその形式化しているところがおもしろい。平安朝以来の問答というものの作法や礼儀にも興味があるし、応答に声明《しょうみょう》★4ふうの節《ふし》がついているところもいい。

のちの山伏問答や、歌舞伎のせりふの節にまで、あるいは相関するなにごとかがありはしないかと思ったりする。

★1 てんだいしゅう＝大乗仏教の一派。隋《ずい》の智顗《ちぎ》（本文44ページで詳述）によって開かれ、日本には奈良時代に唐の僧鑑真《がんじん》によって初めて伝えられ、平安時代初期に最澄《さいちょう》（11ページ注9参照）によって定着した。

★2 しょぼう＝比叡山延暦寺《ひえいざんえんりゃくじ》には、「三塔十六谷《さんとうじゅうろくたに》」と呼ばれる学閥のような区分けがあり、僧はいずれかの坊に属する。

★3 ほけきょう＝大乗仏教の重要な経典のひとつ。天台宗の中心経典。

★4 儀式や法要などの際に僧侶が唱える声楽のこと。

知人は、東京のお寺の子で、少年のころ、叡山の無動寺谷《むどうじだに》★5で小僧として修行し、叡山の費用で大学へ入れてもらったが、卒業後、カメラマンになってしまった。

「山に帰って来い。こんないい処はないぞ」

と、山の先輩たちはいうらしい。幸い、籍だけのこしてあるために、その気になればいつでも帰れるという。

まだ山に帰る気はないというが、ともかくも法華大会だけは受けることにした。山はこの人を身内あつかいしているから、

――写真をとってもかまわない。

と、内々ながらゆるしたという。竪者として頭をまるめて僧衣を着、論題を頂戴して自分ながらの義を立てる側にいつつ写真をとるという。山外の者には窺《うかが》うことができなかったこの行事が写真として記録されるのはむろんはじめてのことである。

それに便乗して、

「たとえ五分でものぞくことはできないだろうか」

と、その知人を通じて頼んでみると、小僧の連れならよかろうというふうな内意を得た。

本当かうそか、まだわからない。

行事は、十月の初旬である。本当であるとして、それまでに時折、叡山を訪ねてみよ

★5 叡山の「三塔十六谷」のひとつ。

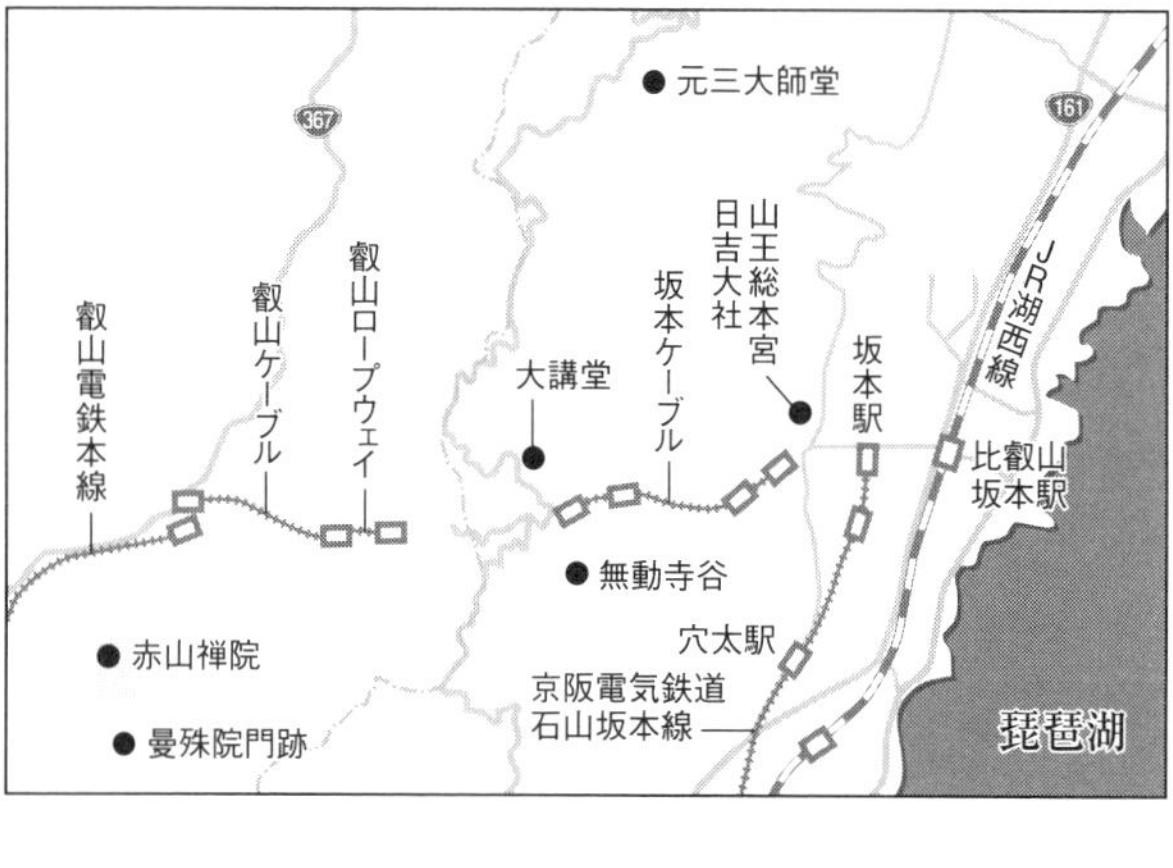

『叡山の諸道』の舞台

うともった。

ただし登り口だけを訪ねてみようと考えた。古来、叡山にのぼるのに、いくつかの坂がある。

琵琶湖畔の坂本★6の日吉《ひえ》★7神社の奥からのぼるのが本坂《ほんざか》であり、おなじく湖畔の穴太《あのう》★8から山南の無動寺谷へ出る無動寺坂というのもある。京都寄りでいえば山上の西塔《さいとう》へ出る松尾坂、またいまの修学院離宮の上あたりから山上の東塔《とうどう》へのぼってゆく有名な雲母《きらら》坂というのもある。

そのいくつかの登り口に関心をもったのは、叡山の山上を法華大会の当日に残して、山麓の文化を嗅いでみたいとおもったからである。


叡山をひらき、やがて南都（奈良仏教）に対する天台宗の一大本拠になる基礎をきずいたのは、いうまでもなく伝教大師・最澄★9（七六七〜八二二）である。

最澄の死後、叡山は発展した。叡山が、中世に醸《かも》しだされた日本的な宗教、思想、あるいは日常のくらしの軌範から建築などにいたるまで、文化全般の一大醸造所の役割を果たしたことはいうまでもない。

最澄は、いまの滋賀県側の叡山の斜面がみえる琵琶湖畔でうまれた。

出生地は、いまの大津市の市域である。

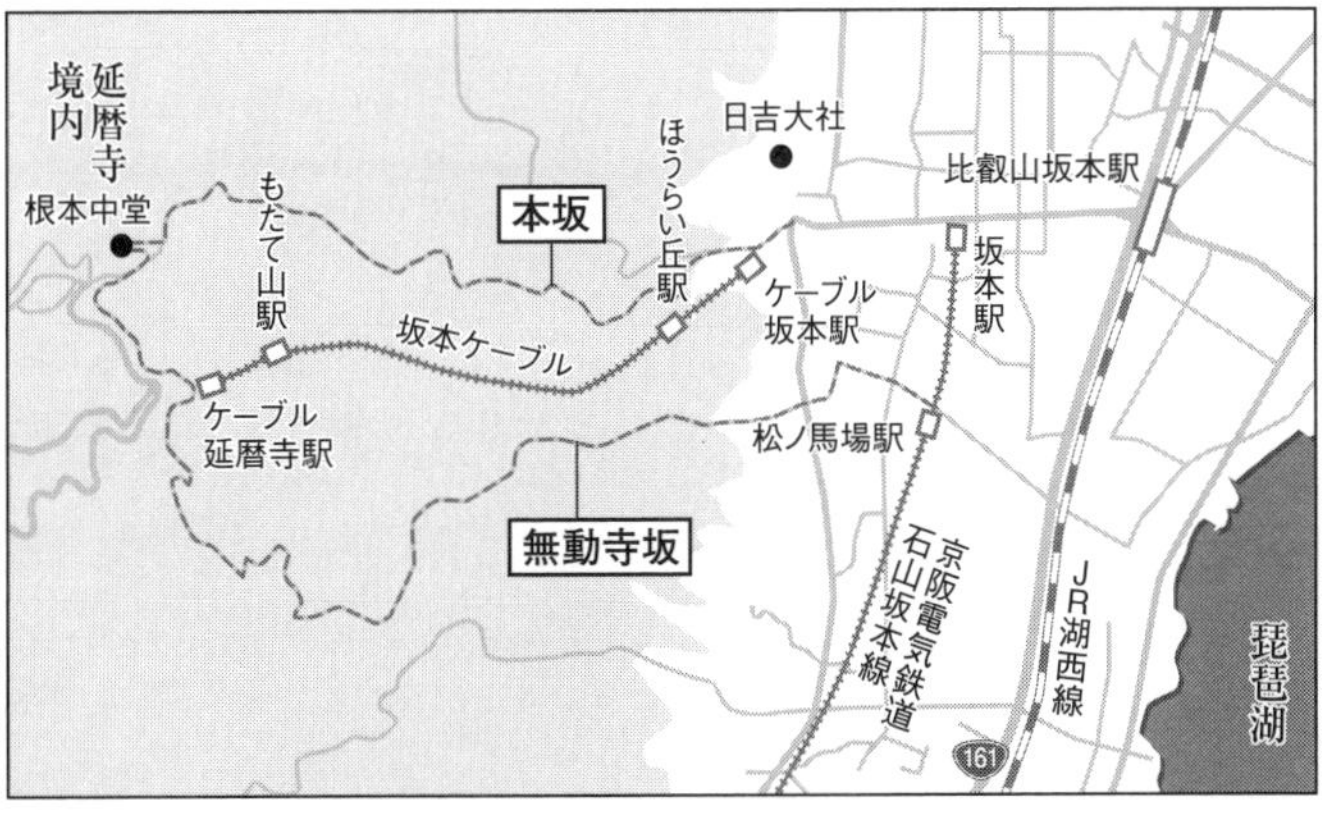

叡山への登り口（滋賀県側）

★6 さかもと＝滋賀県大津市坂本。延暦寺の門前町として栄えた。
★7 本文50ページから詳述。

いまの大津市の市域は、当時の行政区分でいう近江国滋賀郡《おうみのくにしかのこおり》とは、ほぼかさなっている。

当時の滋賀郡の訓《よ》みは★10『和名抄《わみょうしょう》（倭名類聚鈔《わみょうるいじゅしょう》）』によると、志加《しか》で、四つの郷にわかれていた。

最澄がそのうちの古市郷の出身であったことは、かれが年少のころに得度★11したときの「戒牒《かいちょう》」（僧尼が戒をうけるとき、国家がこれを証する公文書）がのこされているから、まちがいない。たとえ古市が出生地でなくとも、かれの一族の戸主が居住する地だったことは右の「戒牒」で想像できる。ついでながら出生地は、伝承ではいまの坂本（当時の滋賀郡大友郷）とされる。生家の屋敷跡といわれる場所に生源寺《しょうげんじ》という誕生寺がたてられている。いずれにせよ、滋賀郡であったことにかわりがない。

渡来系の氏族である。

べつに奇とするにあたいしない。

まだ最澄が生きている時代――★12桓武天皇のころ――勅命で編まれた『新撰姓氏録《しんせんしょうじろく》』（七九九年に編纂を開始し、八一五年に完了）にあっては、畿内に住むひとびとの約三割が「諸蕃」（外国系）であった。むしろ出自《しゅつじ》が「諸蕃」であるとするほうが文書関係の吏員に採用される可能性がたかく、積極的に「諸蕃」という出自が称された時代である。

ついでながら、時代の流行というのはおそろしい。平安末期になると「諸蕃」の価値

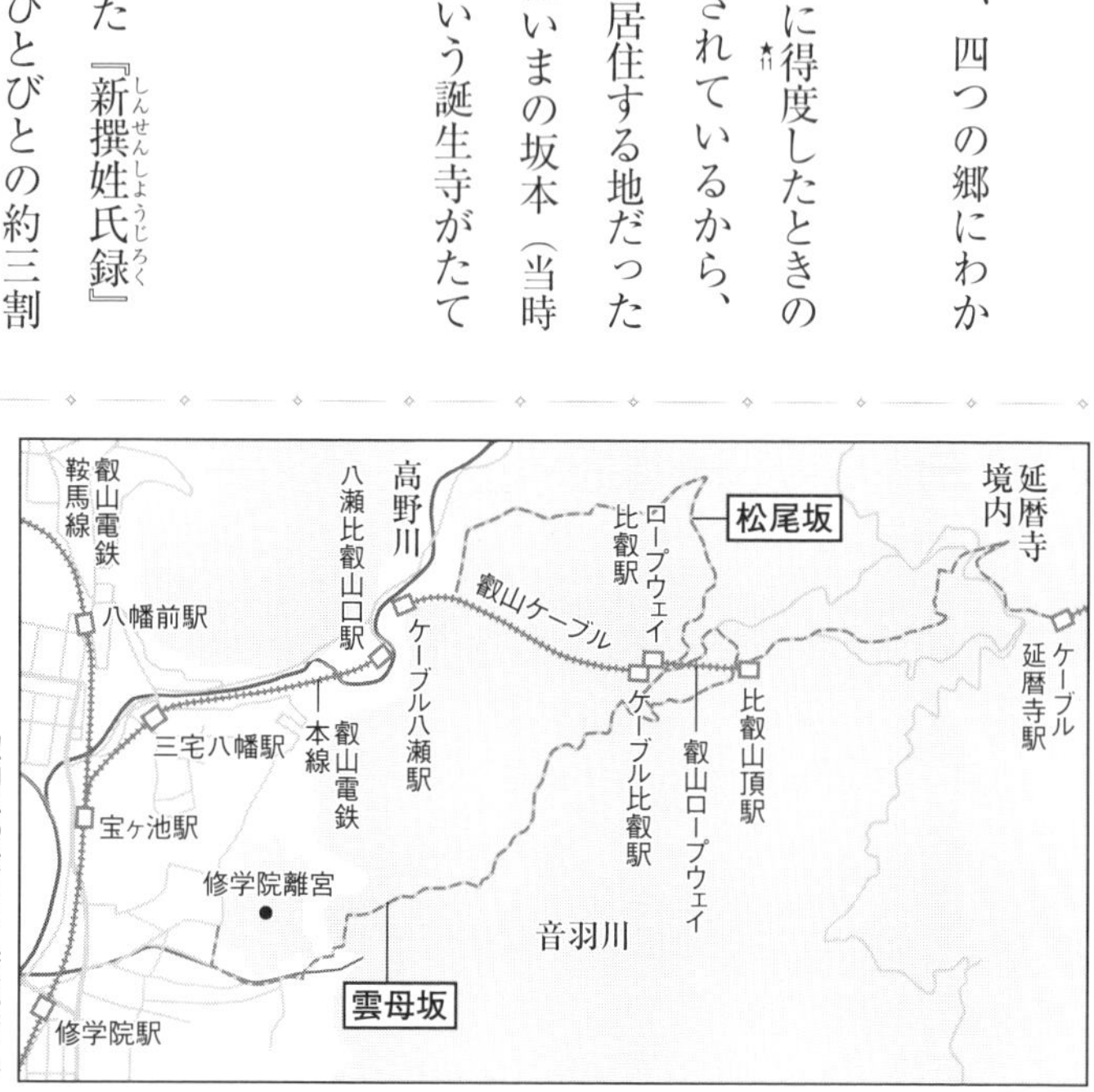

叡山への登り口（京都府側）

★8 滋賀県大津市中部の地名。穴太築き（31ページ注45参照）で知られる。

が下落し、たれもこれを称さなくなった。平安末期に坂東にむらがり興る武士なる者も、みな★13源平藤橘《げんぺいとうきつ》のいずれかを称し、ひとりとして渡来系を称さない。つまりはやりが変っただけのことで、これでみても日本社会の古いころの出自などはいい加減なものである。

最澄のころは「諸蕃」を称することが積極的に価値のあった時代であったし、その上、たしかにかれの氏族は諸蕃であった。

そのなかでも、東漢氏《やまとのあやうじ》というグループは、よほど大きいもので、かれらは、

「★14阿知使主《あちのおみ》の子孫である」

としていた。★15『日本書紀』の★16応神紀には阿知使主が十七県の党類をひきいて帰化した、とある。どこからきたのかはあきらかにされていない。★17『古事記』『日本書紀』の編纂にあたってそれぞれの氏族が自分たちの氏族伝承を書いて出し、遠い昔の伝承である場合、編者によって古代の適当な時期にあてはめられたのであろう。応神というあやしげな古代にこだわる必要はない。

かれらが朝鮮からきたことは前後の事情から十分察せられるが、しかしそれをことさら明らかにすることはしない。

しかも、漢氏という文字をつかい、いかにも中国からきたかのように印象されるべく

★9 平安時代の僧。桓武《かんむ》天皇の勅命《ちょくめい》を受けて唐に渡る。帰国後、日本天台宗を開いた。

★10 醍醐《だいご》天皇の皇女である勤子《のりこ》内親王の命で編纂《へんさん》された辞書。

★11 とくど＝仏門に入り僧になること。出家すること。

★12 かんむてんのう＝七三七年〜八〇六年没。第五十代天皇。長岡京、平安京への二度の遷都《せんと》や、征夷大将軍《せいいたいしょうぐん》に任命した坂上田村麻呂（12ページ注19参照）の東北派遣など、朝廷の権力の拡大に大きく関わった。

★13 名家として繁栄した源氏、平氏、藤原氏、橘氏の四氏のこと。

★14 応神《おうじん》天皇の時代に多くの民を率いて来日したといわれる渡来人。

★15 奈良時代に作られた日本で最初の正史。年代順に歴代天皇について記述されている。

呼称しているのは、飛鳥から奈良朝にかけて、この族人が漢文をつくる書記として傭われることが多かったためであろう。たとえばこの族人の子弟で写経生にでも傭われたいと思うときは、漢氏という呼称はそれなりの権威があったにちがいない。

ところが、漢字は「漢氏」でも、訓《よ》みのほうはアヤウジである。アヤとは、南朝鮮の伽倻《カヤ》地方（いまの韓国高霊付近）をさすという点では、こんにちほぼ異論がすくない。

とはいえ、漢氏の伝承では、その祖阿知使主は「後漢（二五〜二二〇）最後の帝である★18献帝の子孫」ということになっている。

この消息は、古い渡来系氏族である秦氏《はたうじ》が、じつは南朝鮮からやってきていながら、いつのほどか、その祖を秦《しん》ノ始皇帝に由緒づけて唱えるようになったのと似ている。

この時代、文明の光源《こうげん》は中国にあった。

「朝鮮からきた」といってもたれもおどろかないが「中国からきた」といえば、きく者が襟をただすという効果があったのであろう。

東漢氏《やまとのあやうじ》の一派に坂上《さかのうえ》氏がある。有名な★19坂上田村麻呂《さかのうえのたむらまろ》将軍が出た氏族だが、田村麻呂の父が苅田麻呂《かりたまろ》で、最澄と同時代の人である。★20『続日本紀《しょくにほんぎ》』に苅田麻呂が上表して、

「わが祖阿知王《あちおう》（註・阿知使主）は、後漢の霊帝（註・献帝の先代）の曾孫で、のちに帯方郡（註・朝鮮半島における漢の一部）に移った」

として中国知識がひろまった時代だけに、説明のツジツマのつけ方がこまかくなって

★16 応神天皇についての記述。第十五代天皇とされ、この時期に大和朝廷の勢力が大いに発展したといわれる。

★17 奈良時代初期に編纂された、日本最古の歴史書。上巻は神代の物語、中巻と下巻は初代神武《じんむ》天皇からの天皇の系譜が綴《つづ》られる。

★18 けんてい＝一八一年〜二三四年没。董卓《とうたく》に擁立されて即位し、都を長安に移す。董卓の死後は洛陽《らくよう》に戻り、曹操《そうそう》を頼ってその本拠地である許《きょ》に遷都した。

★19 七五八年〜八一一年没。平安時代初期の武将。蝦夷《えみし》（東北地域に居住し、中央政府の支配に服さなかった人々）征伐に功をあげ、征夷大将軍《せいいたいしょうぐん》に任命される。京都の清水寺を創建したとも伝

いる。おそらく、ひとから、

「あなたの氏族は中国からきたといっているが、実際は朝鮮からきたことはまちがいない。矛盾しているではないか」

と、いわれることが多くなり、そういう必要から模範答案ができたかとおもえる。帯方郡という一点を置いたのはじつにうまい。

帯方郡とは南朝鮮の黄海側で、いまの黄海道のあたりといっていい。後漢帝国の末期、ここに植民地的な一郡を置き、後漢がほろんで晋《しん》★21になってからもつづき、通計百十年ほど存在した中国の郡で、やがて地元の韓族・濊《わい》族（朝鮮民族の古称）にほろぼされた。

帯方郡にいたとなれば、中国文化が身についていてもおかしくないが、それにしても霊帝や献帝という皇帝の子孫であるとするのがおもしろい。

最澄の氏は、その東漢氏の一派で、三津首《みつのおびと》という氏族である。

滋賀郡は、最澄の氏族だけでなく、漢人が圧倒的に多かったらしい傍証がいくつもあげられる。
★22推古天皇の十六（六〇八）年、唐へ留学生が派遣された。『日本書紀』推古十六年の項にその学生八名が出ているが、すべて各地の漢人《あやひと》である。

えられる。
★20 平安時代初期に編纂された歴史書。
★21 中国の国名。三国時代の魏《ぎ》の重臣だった司馬炎《しばえん》が立てた王朝で、二八〇年に呉《ご》を滅ぼして中国を統一した。
★22 すいこてんのう＝五五四年～六二八年没。第三十三代天皇で、第三十代敏達《びだつ》天皇の皇后。第三十二代崇峻《すしゅん》天皇が蘇我馬子《そがのうまこ》に殺されたのち擁立され、日本で最初の女帝となる。聖徳太子を摂政《せっしょう》として政治を行った。

学生《ふむやわらは》倭漢直《やまとのあやのあたひ》（註・東漢氏《やまとのあやうじ》）の福因《ふくいん》・奈羅訳語《ならのをさ》（註・奈良に住む通訳）恵明《ゑみやう》・高《たか》向漢人《むくのあやひと》（註・いまの河内長野市の高向《たこう》）の玄理《ぐゑんり》・新漢人《いまきのあやひと》（大和の今木郡《いまきごおり》？）の大圀《だいこく》・学問僧《ものならふほうし》新漢人日文《にちもん》・南淵《みなぶち》（註・大和高市郡南淵）漢人請安《しやうあん》・志賀漢人《しがのあやひと》慧隠《ゑおん》・新漢人広済《くわうさい》。

この八人の名のうち最後から二人目の「志賀の漢人」というよび方から考えて、近江国の滋賀郡はざっと漢人たちのくにであったと考えていい。

右の八人の学生が唐へ派遣されたのは、最澄の誕生より百五十数年前である。

「むかしは、漢人がもてたものだ」

と、かつてを懐しむ老人が湖畔にいたのではないか。推古朝（摂政・聖徳太子）といえば古墳時代の末期で、国がひらけようとする頃である。

そのころの文字は、漢人の諸氏族がにぎっていた。かれらは大伴《おおとも》・物部《もののべ》氏のような大勢力をなさなかったために政治家や権力者こそ出さなかったが、その族人の多くが中央や地方の庁につとめて文書をにぎり、中小の官吏として生活していた。あるいは、僧になった。僧は原則として国家から食禄が出たから、頭のまるい官吏と考えていい。ただし私度僧《しどそう》★23はべつである。

漢人にとって、いい時代がつづいたというべきであったろう。

★23 当時は出家する際に政府の許可を得なければならなかったが、その手続きを行わずに出家した僧のこと。

しかし最澄がうまれるころには、広範囲な他の氏族らも文字を知るようになって、知的なしごとは漢人が背負うという結構な時代はとっくにおわっていた。

滋賀郡の漢人の諸氏族のなかでも、最澄がうまれた三津首《みつのおびと》という氏族は小さい。

「三津」

というのは、いまの坂本から比叡辻《ひえのつじ》★24あたりまでの浜をいう。上代の湖港であった。『輿地志略《よちしりやく》』★25には「坂本の津を御津（註・三津）とは書すなり」というから、ざっと坂本の浜と考えていい。

首《おびと》は、姓《かばね》の一つである。カバネとは日本の古代（大化改新以前）において氏族としての品格をあらわす栄誉称号のようなもので、臣《おみ》、連《むらじ》、首、君《きみ》、直《あたい》の順になる。中央の下級官人にほぼ相当するとみていいから、地方にあっても国造《くにのみやつこ》★26級の権力的な氏族では決してない。

有力な氏族ではなかったが、僧最澄の成立にとって学問のふんいきのつよかった「志賀の漢人」の地にうまれたことは大きかった。

父は三津首百枝《みつのおびとももえ》といい、おだやかな教養人で、私宅を仏寺にあらため、礼仏誦経《らいぶつずきょう》につとめる人だったという。このことは、最澄の直弟子一乗忠《いちじょうちゅう》という僧が、最澄の没後、数年を出ずして撰した『叡山大師伝』にある。

★24 滋賀県大津市比叡辻。天台宗の寺である聖衆来迎寺《しょうじゅらいこうじ》がある。

★25 江戸時代後期の地誌。

★26 古代の地方官のこと。

右の『伝』では、最澄は七歳で村の「小学」に入り、陰陽《おんみよう》★27、医方、工巧《こうこう》（建築など）を学んだという。この時代に、村に「小学」があったというのは、さすがに漢人の里である。

文字をほとんど独占したのが遠い世のことになってしまったこの時代でも、漢人の里では、里の子供たちに陰陽や医方を教えていたというのは、子供たちがゆくゆく陰陽師、医師という知的な特殊技能で生きてゆけるよう郷党★28によって配慮されていたということであろう。千二百年前の湖畔の村々で漢籍をよむ子供たちの声がきこえてくる情景を想像せねばならない。

父の百枝《ももえ》は広野《ひろの》（最澄の俗名）の聡明をよろこび、十二歳のとき、近江の国分寺に入れた。いかにも礼仏誦経に熱心な百枝らしいが、一面この当時の漢人としては、学問で身をたてるにしても、陰陽師か医師ぐらいしかなかったのであろう。医師の社会的身分は、近世より卑《ひく》かった。

私度僧でないかぎり、僧は国家の官であり、学問の次第ではどういう大官にもなれた。百枝は崇仏家とはいえ、この聡明な一人子に、そういう将来を期待したのではあるまいか。

近江の国分寺は、いまの大津市内の国分《こくぶ》あたりにあったといわれる。

★27 古代中国の陰陽《いんよう》五行《ごぎょう》説にもとづき、吉凶を占う方術。木火土金水と日月を主要素として、ここに十干《じっかん》十二支《じゅうにし》が組み合わさり、さらに天文、暦などの要素が加わる。

★28 きょうとう＝同じふるさとで生まれ育った仲間。

当時、一国ごとに国師とよばれる高僧が駐在し、国司と対等ともいえる権威をもっていた。とくに大国や上国に置かれる国師は、大国師とよばれた。

近江の国分寺には、大国師 行表《ぎょうひょう》★29がいる。広野はこの行表に私的に弟子になり、唯識《ゆいしき》を学んだという。まことに純粋培養のようである。

この時代、官僧の定員がきまっていて、欠員がなければ僧として国家がその籍に入れなかった。

たまたま最寂《さいせき》という僧が死んだので、行表は広野を得度させるべく近江の国司の庁《ちょう》へ請願し、ゆるされた。十五歳である。

二十歳（年齢には異説がある）で、戒★30をうけた。

戒は、奈良の東大寺戒壇院《かいだんいん》でおこなわれる。僧侶としての高等官試験のようなもので、奈良朝における国家行為のうちの重要なものとされていた。

それに最澄が合格したという旨、東大寺から近江の国師に通告する通牒がこんにちまでのこっている。

「僧最澄年廿」

とあり、名の下に、近江国滋賀郡古市郷戸主正八位下三津首浄足《きよたり》（註・戸主である祖父の名だろう）戸口（註・戸籍の内）同姓広野、とあって、

★29 七二四年〜七九七年没。奈良時代の学僧。勅令により唐僧から学び、天台学の素養を身につけていた。

★30 仏門に入るものが仏の定めた規律に従うことを誓うこと。

黒子頸左一　左肘折上一

ほくろの場所と数が書かれている。替え玉受験をおそれた当時の形式の一つである。

そば

京都から山越にきて浜《はま》大津に出ると、建物のあいだから琵琶湖の沖が見え、過ぎてゆく場所によっては汀《なぎさ》がみえる。

沖や汀といっても、海のようにぎらぎらした生命力の照りかえしはない。寂《しず》かに水明かりが町に照りはえていて、海ぎわの町には似合わないしだれ柳がよく似合っている。

大津も浜大津も、いまから湖畔の道を北上してそこへ至る坂本も、みな上代の制でいう近江国滋賀郡《おうみのくにしかのこおり》のうちである。

上代、滋賀は四つの郷からなりたっているということをさきにふれた。

『和名抄《わみょうしょう》』をひいてみると、その巻七にそれが出ている（カッコ内は訓《よ》み）。

一九五四年頃に撮影した琵琶湖と比叡山

古市（布留知《ふるち》）
真野（末乃《まの》）
大友（於保止毛《おほとも》）
錦部（爾之古利《にしこり》）

『和名抄』はいうまでもなく十世紀のはじめの成立だが、八世紀にうまれた最澄の少年時代も、右の地名のままであろう。

古市が、いまの大津市膳所《ぜぜ》のあたりであったろうことは、ほぼまちがいない。

錦部《にしこり》は、中世以後は錦織《にしこり》と書き、いまは錦織《にしこおり》である。鋪装道路が錯綜し、まわりに新建材の建物が多く、西方に叡山の峰々が屛風のようにつづいているというものの、里に残っている自然は近江神宮の杜《もり》ぐらいしかない。

中世初期の錦部郷は、東は湖畔にそい、西は叡山にそって、南から北へ、細長い地形だったろう。現在の滋賀里《しがさと》あたりが、北限である。

あとは、大友郷になる。

大友郷のなかに、最澄がうまれたとされる坂本がある。

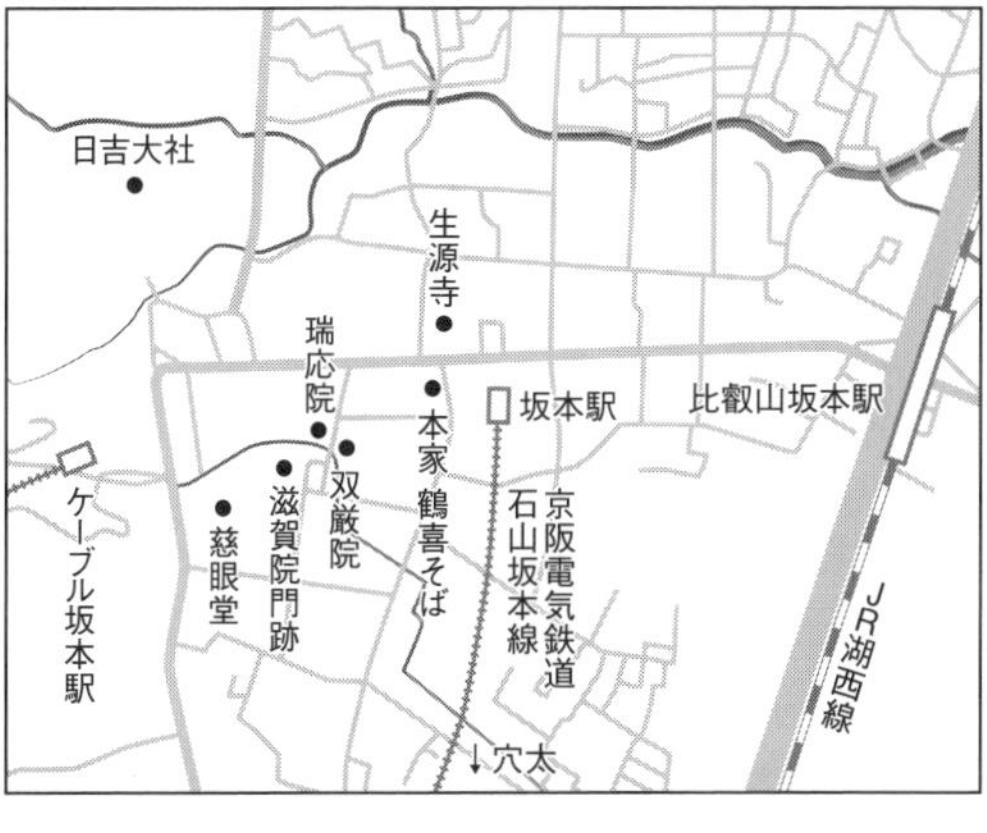

大津市坂本

道は、北へゆく。

叡山は、たえず左（西）にある。

地質学では叡山のような山なみを地塁《ちるい》とよぶようだが、なるほど南から北へながながと土塁のようにつづいている。

この地塁は京都市からながめるとじつにけわしく、樹木もすくないために、裏という印象がふかい。

近江《おうみ》（滋賀県）側はなだらかで、べつの山かとおもえるほどに樹木も豊かである。山すそもながく、ゆるやかに湖にむかって、長いビロードのスカートのように曳いている。山中に泉が多く、小さな川が樹間をくぐって幾筋もながれ、やさしさと豊かさという、母性の神秘を感じさせる。

上代、土地のひとびとはこの山を、

「ひえ」

とよんでいた。ひえという地名が、どういう普通名詞からきたのか、よくわからない。最澄の誕生（七六七）よりもずっと早くに、この山をまつる祠や寺が、現在、坂本の日吉《ひよし》（日吉《ひえ》とよむのが古い訓みだろう）大社の地にしずまっていた。

この山の神は、大山咋神《おおやまくいのかみ》という。すでに『古事記』上に、この神が近江の国日枝山《ひえやま》にしずまっていることがでている。『古事記』が七一二年の成立だから、この山の神の鎮座はすくなくともそれ以前のことになる。

もっとも神社の諸記ではさらにふるいが、はぶく。ただ『扶桑明月集』★31に、天智天皇七（六六八）年に祭神がもう一神ふえたとあることは、まず信じていい。大和《やまと》の三輪山《みわやま》の祭神大己貴神《おおなむちのかみ》が天皇の意志で勧請され、ひえの神は二柱《ふたはしら》になった。

いずれにせよ、最澄の少年時代にはすでにひえの神はまつられ、簡単な殿舎や神主もいたらしいことは、諸記によって十分想像できる。

その地が、上代の大友郷であり、そのうちの小地域の名称である坂本であることはいうまでもない。もっとも最澄のうまれた坂本という土地の名は、叡山がさかえてからできた地名である。ときに阪本とも書かれる。中世以後、坂本には叡山の僧俗が多数住み、仏師その他も住んで一つの宗教都市を形成したことは、のちにふれる。

以上、叡山という山のことをのべてきたつもりである。「ひえ」は平安朝に入って、「比叡」の文字があてられるようになり、その字音にひきずられて「ひえい」とよばれるようになった。

ここでは叡山というよびかたを頻用したい。

穴太《あのう》に入った。

★31 ふそうめいげつしゅう＝平安時代後期の漢学者で歌人の大江匡房《おおえのまさふさ》が編纂《へんさん》した書籍。

古代、信ずるかどうかはべつとして志賀高穴穂宮《しがのたかあなほのみや》がおかれた地という。『日本書紀』景行紀にあるが、ハナシとみておくほうが無難でいい。

「坂本に古いそばやさんがありましたな」

私は助手席の編集部のHさんに声をかけた。

「ありましたかな」

Hさんは話頭が一変したので、びっくりしたようにふりかえった。

以前、越中《えっちゅう》五箇山を北に越えて富山市に入ったとき、翌日、旧知のSさんらに、土地で評判のいいそばやさんに案内してもらった。たしかにうまかった。Sさんが、お茶の水の女高師のころ、食糧難のために生徒たちが学校の畑を耕してそばを作ったという話をされた。そのときこの店の主人は叡山のふもとの坂本の日吉大社の脇の何とかやというそばやさんで修業した、という話をされた。

須田画伯もHさんも、一緒にきいたはずである。

「鶴喜《つるき》★32でしょう」

記憶のいい須田画伯がいった。画伯は、風景にしろ地理にしろ、また詩文にしろ、刻印を打ちこむように憶えてしまう。このときも電話帳を繰って確かめたほどに安心した。

「いや、私《わっち》は行ったことがあるんです」

富山ゆきよりもずっと以前に人に連れてきてもらったという。要するに画伯にとって

★32 須田剋太《すだこくた》。一九〇六年〜一九九〇年没。『街道をゆく』の挿絵を長く担当した洋画家。静物や風景などを奔放かつ力強いタッチで描く画風が特徴的だった。

坂本という寺院と社家のまちは曾遊★33の地であった。

ともかくも画伯を先導者にすることにした。

私どもは、通称「西近江路」とよばれる大きな新道路を北上している。この道路ができたために、画伯がかつてきたところと景観が一変しているようだが、しかし画伯はべつに混乱しなかった。この人の記憶のよりどころは、古い民家や大きな樹木にあり、そういうものが出てくるのをじっと待っていた。やがて、

「ここを右です」

と、運転手さんにいった。

地図をみると、左の山麓にあるはずの日吉大社から遠ざかってゆく。

しかしまちがってなかった。両側は、京格子にベンガラ塗りという京風の民家が一〇〇メートルばかり軒をならべている。が、すぐ浜側につきあたってしまった。つきあたりに小さな神社があり、

「若宮神社」

とあった。町内の氏神かもしれず、日吉大社の★34御旅所《おたびしょ》かもしれなかった。軒下にプレートがかかげられていて、下坂本六丁目とあった。むこうは、湖である。

「ここじゃありません」

須田画伯は、ゆっくりといった。

★33 そうゆうのち＝かつて訪れたことのある場所。

★34 神社の祭礼などで、本社から出た神輿《みこし》を一時的に安置しておく場所のこと。

大通り（西近江路）にひきかえしてから、地図を見た。まず日吉大社の大鳥居にゆくことだった。私の記憶のSさんの言葉ではその大鳥居のわきということだった。

須田さんにすれば日本中の景色がかわり、この坂本まで変わったことがなげきにちがいないが、だまっていた。言っても詮《せん》ないことをとやかくいわない人なのである。

やがて車は山麓にむかって走りはじめた。

そのまま坂になってゆく。大きな石鳥居が見えた。広さは十分にひろい。この参道は平安期のどの文章だったかに、

「作道《つくりみち》」

とあったことをおぼえている。ツクリミチとは古語で、あらたにつくった道ということだが、幅の広い道という語感もふくまれる。大路《おおじ》のにおいがする。日本の市街道路は長安の街衢《がいく》★35から学んだ。日吉大社を大内裏《だいだいり》と見たてればこのみじかく広い道はさしずめ朱雀《すざく》大路にあたるかと思われる。もっとも都の朱雀大路は南北で、坂本の場合、日吉大社が東面しているため、東西にはなるが。

このツクリミチを中心に街衢が構成されている。叡山の僧たちの里坊《さとぼう》や日吉の社家屋敷が甍《いらか》★36をならべているのだが、町の基礎構成は長安方式といっていい（ただし、この参道から枝わかれして理性院にいたる道のほうを、いまはツクリミチと呼んでいる）。

長安では、碁盤の目に区画された街衢の一マスを坊という。長安を手本とする平安京

日吉大社の大鳥居

★35 人家や商店が立ち並ぶ街のこと。

★36 屋根の瓦《かわら》のこと。また、瓦葺《かわらぶ》きの屋根。

の場合、四町四方を坊とよんだ。都市のなかの何町というものに、坊があたる。

また漢語での坊は、官庁や大屋敷などの建物をもそのようによぶことが多い。坊は、漢語世界では寺を意味することは、まずない。まして僧を意味しない。

この文字が日本にきてから次第にそのように変り、ついには町や建物の意味が消え、寺や僧をさすようになった。ひとつには当時（いつごろであるかはべつとして）めだつほどの建物は、とくに田舎では寺ぐらいのもので、僧たちが自分の寺を「わが坊、わが坊」といっているうちに、里人が僧そのものをそのようによぶようになったのだろうか。

坂本の町は、湖の方角に向かって面として傾いている。溝々《みぞみぞ》には山水がいきおいよく走っている。その傾斜した面は多くの小マスにわかれていて、小マスの一つずつが坊と呼ばれるにふさわしい。

その中央をなす大路が、大鳥居前の「作道」である。

「作道」の北側の枝わかれする角に、そばやがあった。二階建の古い家屋で、格子が拭き減りして角がまるくなっている。麻ののれんがかかり、諸事由緒めいてみえる。なかへ入ると、どこか街道ぞいの商いのにおいがあり、やや雑然としているのもわるくはない。ただ、人がいなかった。

しばらくして奥から女性の物憂そうな返事があって、意外にも瞼に青い陰翳を施したきれいな娘さんがあらわれた。注文したあと、この界隈のことをききたいと思い、

「お年寄りはおられますか」

ときくと、

「いません」

という。接穂《つぎほ》★37をうしない、ここは鶴喜ですか、とわかりきったことをきくと、

「ちがいます」

おそらく似たようなあわて者がとびこむことが多いらしく、彼女は石でものみこんだように不快げな表情をけなげにも維持していた。客商売でないなら、彼女は私どもをどなって追いかえしてもいいところだろう。こちらは恐縮してしまい、ともかくも出されたものを食った。

外へ出ると、

「日吉そば」

とある。何度みても姿のいい店である。角であるだけに車までときに軒下に車輪をかけるのか、路上に大きな自然石が置かれていてそのふせぎにされている。ところが、この「日吉そば」の横に「鶴喜そば」というマンガ入りの彩色の大看板があがっていて、われわれはそれを視覚に入れつつ、つい鶴喜と信じて日吉そばに入ったらしい。まことに日吉そばに対して失礼なことをしてしまった。

右の「鶴喜そば」という絵入り看板も、じつはそばやの所在を示すものでなく、駐車

★37 とぎれた会話を再開するきっかけ。

場だけであり、駐車場の看板なのである。

これは日吉そばにとってかなしいことにちがいない。この看板につられて日吉そばに入ってくるうかつ者も多いにちがいなく、ときに注文せずに出てゆく者もあるはずである。

娘さんには、客の顔をみて、

（こいつは鶴喜と間違えているな）

と、かんでわかるのに相違ない。彼女はおそらくわれわれを最初からそう見て精一杯の仏頂面をしてみせていたのであろう。軒下の大石とおなじで、それが当然の防衛姿勢であるといっていい。

しかしたれが悪いわけでもない。強いてよくないといえば日吉そばの隣りの「本家・鶴喜そば・駐車場」という派手すぎる看板だが、これも駐車場として営業上の行為であるといわれればそのとおりなのである。

鶴喜は、有名らしい。それが権威になっている。老舗にとって権威は商売上のはりになるが、客であるわれわれの側にとっては、日吉そばを食べながらこれは権威あるそばではない、と思うとすれば（事実、思ったが）じつによろしくない。娘さんは、そういう人間現象のあさましさをしばしば見て、世の中がいやになっているかもしれず、そうとすれば彼女は唯一の被害者である。

「鶴喜そば」前に立つ司馬さん（右端）

天台（叡山）では観《かん》ということをやかましくいう。

止観《しかん》ともいう。日没ばかりを観たり、あるいは流水や屍体ばかりを観て三諦《さんだい》[★38]の妙理を悟ろうとする。娘さんも、そういう止観をする場にやむなく立たされているようでもある。

日吉そばにまぎれこんだおかげで、一つ得をした。この店と作道（いまの日吉馬場）をへだててのむかいの寺に、最澄の誕生地である旨の標識が出ていた。生源寺《しょうげんじ》という寺がそれで、日吉そばから向いをながめているうちに、三十年前にその前を通った記憶がよみがえった。

石垣の町

最澄が天台宗という大乗仏教のシステムをもち帰ってのち、叡山をもって学生《がくしょう》の修行研究の場とした。

「十二年間は山を降りず、止観《しかん》（顕教）と遮那《しゃな》（密教）の両部門を修学せよ」

★38 天台宗で唱えられた三つの真理。すべてのものは実体を持たないとする「空《くう》」、すべての物事は因縁《いんねん》によって存在するとする「仮《け》」、すべてはそれら二つの真理を超えた絶対的真実であるとする「中《ちゅう》」のこと。

生源寺

というのが、かれが設けた「山家学生式《さんげがくしょうしき》」★39の基本綱目の一つであり、右の式（規則）はながく天台一宗の憲法になった。

が、叡山は健康地とはいえない。

私が昭和二十五年の夏にこの山にのぼって宿坊にとめてもらったとき、あさ目がさめるとふとんが重くしめっていたのをおぼえている。そのときのお坊さんの説明では琵琶湖からわきあがる水蒸気のせいだということであったが、古来、この湿気のために結核で命をおとした若い僧がかぞえきれなくいたにちがいない。

叡山にはむかしから、

「論湿寒貧《ろんしつかんぴん》」

ということばがある。湿のほかに寒もこの山の名物であった。中年をすぎた僧で、寒のために体をそこねる者も多かったにちがいない。

このために、いつのほどか、六十を過ぎた者は天台座主《ざす》★40のゆるしを得、ふもとの坂本に降りて里坊《さとぼう》に住むという風《ふう》ができた。

また近世以降は、座主も坂本の滋賀院御殿《ごてん》に住むようになったから、坂本が叡山の首都のようなかたちになった。

中世から近世にかけて、坂本は二万の人口をもっていたといわれる。

★39 最澄が天台宗の僧侶の教育方針や実際規定などについて記し、嵯峨天皇に上奏した仏書。
★40 延暦寺の住職のこと。

叡山の寺領のうち北陸や東海の領地から運ばれてくる米は琵琶湖を舟で運ばれ、浜坂《はま》本に揚陸された。それを町の坂本へ運ぶ馬借《ばしゃく》[★41]・車借《しゃしゃく》が多数住んでいた。

坂本にあってそれらを行政的あるいは事務的にさばくひととして多数の公人《くにん》[★42]がいた。公人とは僧ではない。吏員である。

公人のほかに、一山《いっさん》の建物の修理や普請をする職人たちも住んでいた。仏像をきざむ仏師《ぶっし》、仏画をかく絵仏師もいたし、いまも小人数ながらいる。塗師《ぬし》もいたし、石工《いしく》もいた。それに旅籠《はたご》、そばやなどもふくめると、人口二万だったというのはおどろくにあたらない。

坂本の小路から小路をたどってみた。

大鳥居前の日吉馬場《ひえのばば》（大通り）を南に折れて（日吉そばの角を南に入って）おなじくそばやの鶴喜《つるき》の前を通りつつゆくと、小売屋さんでも白壁に重厚な瓦屋根という古格な構えで、この町の品格の高さをおもわせる。

格好な小路を見つけて、右（西）へ折れてみた。小路は、登り勾配《こうばい》になる。道脇の小溝を、きれいな谷川の水が奔《はし》るように流れている。両側は、里坊の跡である。すべて石垣が組まれて土塀や建物が載っかっている。

「石垣の町ですね」

★41　馬や車を使った運送業者。時には土一揆《つちいっき》（農民の武装蜂起）の指導をすることもあった。

★42　年貢の取り立てなどの雑事を行っていた下級職員のこと。

須田画伯が、せまい道の両側の石垣の面《つら》に吸いよせられるようにして蹣跚《まんさん》★43とあるいてゆく。

坂本の町の大地はすべて東にむかって傾いている。それへ里坊をつくろうとおもえば石垣を積んで水平を得る以外にないのである。寸土も石垣によらざる平地はないといっていい。

裏小路ともいうべきこの道の両側の石垣は野石《のいし》を割ったものなどもまじっていて、いわゆる岩座《がんざ》積みという雑な石積みにちかい。

のぼりきると、道が丁字型になっていて、南北の道に突きあたる。突きあたりも石垣である。南へまがると、両側とも石垣がずっとつづいている。この一角の石垣はやや堂々としている。

坂本の石垣はもとより、叡山の三塔十六谷《さんとうじゅうろくたに》といわれる数多くの堂塔伽藍★44、あるいは庵室、祠堂にいたるまでの建物をささえている古い石積みのすべて、

「穴太《あのう》築き」★45

といわれるもので、中世以来、日本の石垣築きの最高の技術水準を示すものであった。

坂本の町にあっては石垣の美しさを堪能すべきだが、さらにはこの技術の伝統を背負った近江《おうみ》の穴太衆への敬意をわすれるべきではない。

★43 足もとがよろめいて、ひょこひょこと歩くこと。

★44 どうとうがらん＝寺院のお堂や塔などの建築物の総称。

★45 石の自然な形に合わせて積み上げられているのが特徴。

穴太郷は、すでに通過した。

大津からいえば、その北が錦織《にしこおり》で、さらにその北が穴太であり、叡山東麓を通っている京阪電車の支線である石坂線にも「穴太」という駅がある。

石組みの技術者である穴太衆はそこを本拠としていたのだが、いまはただの田園であり、田園住宅地でもある。

「あのう」

とは、私は以前、中世後半にできた普請（土木）という言葉が流布するまでは、「土木」を「あのう」とよんだのではないかと想像していた。が、どう詮索しても、その証拠が出て来ない。

やはり地名らしい。

地名としては『日本書紀』雄略紀に「穴穂部《あなほべ》（穴太部とも書く）を置く」とあり、関東の各地に設置されたらしい。

いまの奈良県天理市田町付近にも穴穂という地名がかつてあって、安康《あんこう》天皇★46の穴穂宮があったとされる。

近江の穴太も『古事記』では成務《せいむ》天皇★47の志賀《しが》の高穴穂宮《たかあなほのみや》があったというが、遺跡などはない。いずれにしても、穴穂・穴太はよほど古い地名であることにはまちがいない。

この近江穴太に住む穴太衆が石積みに長《た》けていたというのは、いつごろからであろう。

★46 兄の木梨軽皇子《きなしのかるのおうじ》を討って即位した第二十代天皇とされている。さらに叔父の大草香皇子《おおくさかのおうじ》を攻め殺し、その妻を皇后としたが、大草香皇子の子である眉輪王《まよわおう》に暗殺された。

石積みの技術そのものは古い。

古墳の玄室構造が、高度に技巧的な石積みであることはよく知られている。また西日本各地の山中に、古代の石垣が遺っている。かつては神籠《こうご》石《いし》といわれて宗教的な遺跡かといわれたが、いまでは朝鮮式山城の跡だろうという考え方がつよくなっている。

また山の傾斜に石垣を築き、棚を造るようにして水田を築造するやり方は、上代からおこなわれていたにちがいない。いまにいたるまで各地にのこっている石垣畦《いしがきあぜ》に投入された「祖先人の努力の総計と石量は、千代田の城や大阪城の石垣の比ではなく、エジプトのピラミッドをもはるかに凌ぐものであったろう」というのは民俗学の田《た》淵《ぶち》実夫《じつお》氏がその著『石垣』（法政大学出版局刊）でのべている述懐である。

古代の部《べ》★48に「石作部《いしつくりべ》」というのがあったようだが、これは石棺などをつくる技能者で、石垣のほうではあるまい。石垣の技術は上代でも村々の技術としてごく普遍的であったのではあるまいか。ただこれら百姓積みともいうべきものはそのあたりのありあわせの野石をかきあつめて野《の》面《づら》積《づ》みにしたわけで、中世以後の美的構造としての石垣にまでは至らなかったろう。

最澄の死後、叡山における構造物の造営は、平安期を通じ営々としてつづけられた。

★47 第十三代天皇とされる。先代の景行《けいこう》天皇の第四皇子。行政区画を定めて地方官や首長を置き、国家の体制を整えたと記されている。

★48 大和政権に属し労役や貢物を提供した、官人や人民の集団のこと。

そのために石垣技術は大いに発達し、その技術者たちが山麓の穴太にあつまったのかと思われる。「穴太衆」という独特の技術集団が形成され、新工夫がつぎつぎに出て、天下に知られるようになったのにちがいない。

ついでながら中世の山城は構造的には粗末なもので、多くは堀を掘った土を掻きあげて土塁をつくり、土塁は★49版築《はんちく》でたたきかためるという程度の掻上城《かきあげじろ》（土居）であった。

石垣がほとんど用いられなかったのは、山田の石垣畦ぐらいの技術なら在所在所にあったとしても、壮大な構造物としての石垣をつくる技術者は、近江の叡山山麓の穴太へでもゆかないかぎり、そうはざらに居なかったにちがいない。

城郭をつくるのに石垣を層々と築く様式が圧倒的に流行するのは、★50織田信長の安土城以後であったかと思われる。

このころ、

「石ぐら」

という新語が石垣をあらわすようになった。

★51『信長公記』にもこのことばがつかわれている。また漢字の磊《らい》という字を、本来の字義を外《はず》して石垣の意味として用い、「いしぐら」と訓《よ》ませたりしたのも、このころからであった。

磊《いしぐら》を築く近江穴太衆の存在が時代の脚光をあびるのも、この時期からである。信長に

★49 中国式の土壁などの施工方法。板枠の中に土を盛り、突き固めて層にしていく。

★50 おだ・のぶなが＝一五三四年〜一五八二年没。将軍足利義昭《あしかがよしあき》を追放して室町幕府を滅ぼし、全国統一に乗り出した。しかし明《あけ》智《ち》光《みつ》秀《ひで》（107ページ注154参照）の謀《む》反《ほん》により、本能寺の変で志半ばに死亡。

★51 しんちょうこうき＝織田信長の一代記。十六巻。作者は信長の家臣太田牛一《おおたぎゅういち》。

かり出されて近江安土城の石垣をつくったのもかれらであったし、のちに全国の築城にかれらはひっぱりだこになって出て行った。

★52秀吉の大坂城の石垣を築いたのも穴太衆であったといわれている。

私どもが叡山山麓を歩いているころ、たまたま大阪の新聞の社会面に大阪城の石垣のことが出た。

大阪城の京橋口の石垣が戦災に遭《あ》って以来、すこしずついたみはじめていたのを、大阪市が六年がかりでその修復工事を進めていた。その工事のおかげで、表側の石垣の裏に、さらに一《ひと》構造の石垣がかくされていることがわかった。ふつう、大規模な石垣を組む場合、強度をつくりだすために裏に★53栗石《くりいし》をつめ込むのだが、この隠し石垣は栗石ではなく、それそのものが表石垣として通用するほどのりっぱなものであるという。これなどもおそらく近江穴太衆のしごとではあるまいか。

田淵実夫氏の『石垣』という本に、石工《いしく》の古い用語集がつけられていて、ひろい読みしているだけでも現場の情景がうかびあがってくることばが多い。たとえば、

「注文」

というのがある。石を積んでゆくと、ごく自然につぎに入用な石の形がわかってくる。石垣のほうから石工に「注文」してくるわけで、この現象は物を作る仕事の場合、他の

★52 豊臣秀吉《とよとみひでよし》。一五三六年〜一五九八年没。信長が討たれた本能寺の変の後、明智光秀を滅ぼし、四国、九州、関東、奥州を平定して天下統一を果たす。

★53 土木建築の基礎材につかう、栗の大きさ（直径約十〜十五センチ）ほどの丸い石。

職種でも往々経験されることにちがいない。すくなくとも小説の場合、しばしばそういうことがある。

「笑い積み」

というのは、石積みの一部に奇巧を施した積み方をさす。巧手の石垣師がゆとりをもって石垣の一部で遊ぶのである。田淵氏は「愛嬌のある積み方」という。愛嬌という言葉もおもしろいが、笑い積みという言葉も、現場の血管のかよった言葉として味がある。この笑いは大笑いでなく微笑ということであろう。

「浪人」

とよばれる石がある。

石を積んでいて、ある石だけが当座の組みあげに適《あ》わない。捨てるには惜しく、いつか要るだろうと思ってその辺にころがしておく。現場を見まわっている役人が、路傍で遊んでいる石を見て、あれは何だ、ときいたりするとき、石工の親方が、

「へい、浪人でやす」

と答える。そんな場面が、どの城普請の現場にもあったろう。

地図をみると、この南北路を南へゆけば滋賀院門跡★54の前に出られるらしい。

道に人影がなく、両側につづく砦《とりで》のような石垣だけが蒼古★55としている。石垣ごしにの

★54 19ページの地図参照。

★55 そうこ＝古色を帯びて、さびた趣《おもむき》があること。

ぞいている樹木も古び、庭木というより半ば野生にもどってたけだけしさがある。

地図によると、東側が双厳院《そうごんいん》、西側が瑞応院《ずいおういん》である。まだ里坊として生きているらしい。

廃院も多い。地図では坊趾《ぼうあと》とある。

坂本は叡山という千年の法城の城下町ではあるが、すべての武家屋敷——里坊——が生きているわけではなく「坊趾」というのが多い。私のもっている簡易な地図でかぞえただけで十九箇所もあった。

生きている里坊も、住僧たちが華やかに住んでいるわけではない。むろん京都の一部の観光寺院のように駅前ストアのような賑わいを見せている里坊は一軒もない。門にも建物にもやや清貧ともいうべき寂びがあり、こんにちの叡山の宗風がどういうものかをふと匂わせる。むしろこころよい匂いであることはいうまでもない。

道が尽きるところが、芝居の書割《かきわり》のように小さな渓流になっている。橋も小さく、数歩で尽きる。橋下の流れは権現川《ごんげんがわ》である。★56天蓋《てんがい》でおおうように樹木が陽をさえぎり、この小さな橋の上に立っているかぎり、三メートル四方は深山幽谷といっていい。べつに庭園でもないのに、それ以上に名園の一部を感じさせてしまう。叡山がもつ文化意識の伝統が、ごく実用的な橋や、自然に地を穿《うが》って流れている小渓流までそのような意識で飼いならしているとしかおもえない。

滋賀院門跡の石垣

★56 仏像などの上にかざす装飾的な覆いのこと。

橋をわたって右へゆくうちに、豪壮な石垣があらわれる。代々の天台座主《ざす》の住まいであった滋賀院である。

重くるしいほどの堅牢な門が石段の上にそびえ、仰ぐ者に威圧感をあたえる。桂離宮や修学院とかいう上方《かみがた》的な軽みの感覚はここになく、この建物の由来から考えて江戸期の幕権が造形化されているのではないかと思えるほどである。

それにしても、滋賀院の石垣こそ穴太衆の傑作のひとつではないかと思える。ただ実用を超えて、権威の表現として組まれているあたり、こういう里坊に住むにはよほど神経を鈍感にしておく必要があるかもしれない。

現座主の★57山田《やまだ》恵《え》諦《たい》という老僧は、この滋賀院には住んでおられないという。

このあとさらに石造のものを見るため、道を登って慈《じ》眼《げん》堂へゆき、歴代座主の墓所を見た。相変らず人の気配はなく、苔の上に饅頭笠をかぶって堵《と》列《れつ》している石灯籠の列が美しかった。

滋賀院門跡

★57 一八九五年～一九九四年没。第二百五十三世天台座主。宗教活動を通した世界平和実現と、日本仏教の国際化に力を注いだ。

わが立つ杣《そま》

日吉（ひよし・ひえ）大社への道は、すこしずつ山にむかって登り勾配《こうばい》になっている。すでにふれたが、最澄は、この神社の鳥居のそばの生源寺《しょうげんじ》の場所で生れたとされる。かれが、自分の山林の修行地をもつべく叡山にのぼった道（いまは本坂《ほんざか》といわれる）というのは、この日吉大社の境域にある。通りに面したそばやできいたところでは、

「登ったことがないさかい、よう知りまへん。さあ、そんな道、まだ登れますやろか」

という頼りないはなしであった。うまく説明できないが、最澄という人は、なにやら気の毒なような気がしないでもなかった。もっとも、最澄に対して神秘性を付加したり、個人崇拝をしないということも叡山文化のめでたさであり、同時に坂本の風《ふう》のよさでもあるにちがいないが。

最澄は、残されている日本人の肖像のなかで最もいい貌《かお》をしている一人ではあるまい

最澄（一乗寺蔵「伝教大師像」）

か。一乗寺蔵「伝教大師像」を見ると、三日月がたの眉が美しく、頬がゆたかだが、唇《くち》許《もと》のつつましやかさでひきしめられている。観音寺蔵の木像は右の絵像に似ているが、ただこまったように眉を寄せ、やや苦しげであることだけがちがう。最澄の後半生はくるしかった。既成の奈良仏教との論争がつづき、ときに相手が政治的に出てきても、きまじめな最澄はひとすじに法論で押しとおすといったぐあいで、ずるさというものがなかった。かれには、物事の創始者によくある怪物めいたところもなければ、教祖じみたいかがわしさもない。

　最澄の書風も、その肖像に相通じている。けれんがなく、法は★58王羲之《おうぎし》流を守って端正でありながら、書法などを超えた自然な気韻を感じさせる。最澄が同時代の★59空海のように書を芸術意識でもって書かなかったのは、ひとつには長安の流行にうとかったということにもよるが、ひとつには性格にもよるであろう。

　最澄の書は、空海を別格として同時代人では★60橘逸勢《たちばなのはやなり》、★61嵯峨天皇とならべられる。が、後者にはやや書芸意識がみられるが、最澄にはそれがなく、文章を書く必要上やむなく文字を書くという自然さがうかがわれる。私はそういう意味で明治の★62正岡子規《まさおかしき》の書が好きだが、その系列の遠い★63先蹤《せんしょう》に最澄の書があり、しかも子規は遠く最澄の書におよばない。

★58 中国の書家、王羲之が完成させた楷書《かいしょ》・行書《ぎょうしょ》・草書《そうしょ》の書風。

★59 くうかい＝七七四年〜八三五年没。真言宗の開祖。弘法大師《こうぼうだいし》。延暦二十三（八〇四）年に最澄とともに唐に渡って長安で学び、のちに高野山金剛峯寺《こんごうぶじ》を開く。

★60 ？〜八四二年没。平安時代前期の官人。最澄や空海らとともに唐に渡る。唐人にその書才を称賛され、「橘秀才《きつしゅうさい》」と呼ばれた。

子規と最澄には似たところが多い。どちらも物事の創始者でありながら政治性をもたなかったこと、自分の人生の主題について電流に打たれつづけるような生き方でみじかく生き、しかもその果実を得ることなく死に、世俗的には門流のひとびとが栄えたこと、などである。書のにおいが似るというのは、偶然ではないかもしれない。

最澄は延暦四（七八五）年、当時の公文書でいえば二十歳（実際は十九歳だったらしい）で、奈良へゆき、東大寺の戒壇において僧戒をうけた。以後、官僧として官吏同様、国家の保護をうけるという登用試験である。ときに四月であった。

ところが三月後の七月に、官僧という世俗世間から身をかくすようにして叡山にこもった。

同時代である空海の青年時代には謎の部分が多いが、最澄にはそれがない。逐電《ちくてん》★64したのではなく、官にとどけていたように思われる。

当時の『令義解《りようのぎげ》』（養老令の注釈書）にも、こういう場合、官僧のとるべき法的義務がかかげられている。僧尼にして禅行修道のために山林に身を置きたい場合には、その者の所属寺院の三綱《さんごう》（寺を統領する三役）が連署し「官《かん》に申せ」と規定している。たとえば若いころの空海の場合、法を倭小視《わいしようし》する度胸があったように思われるが、最澄にはそういうところがなかった。かれは「官」に手続きを踏んだであろう。

★61 さがてんのう＝七八六年～八四二年没。第五十二代天皇。宮廷行事などを執り行う蔵人所《くろうどどころ》や、治安維持にあたる検非違使《けびいし》などを設け、律令《りつりよう》制を強化した。

★62 一八六七年～一九〇二年没。俳人、歌人。俳句革新を志し、俳句雑誌「ホトトギス」の創刊を支援する。また対象をありのままに写し取る写生説を提唱し、小説や随筆の創作にも影響を与えた。

★63 先例。前例。

★64 ゆくえをくらまして逃げること。逃亡。ちくでんとも。

当時、僧尼の秩序がみだれていた。

それに権門のあいだの争いが絶えず、宗教界が「官」の一部として組みこまれているその影響をもろにかぶることが多かった。若い最澄は、そういうことを嫌ったということもあるであろう。

が、何にもまして、最澄は、奈良を中心に展開されている日本の初期仏教に疑問をもっていた。

奈良仏教は、六つの「宗」にわかれている。三論、成実《じょうじつ》、法相《ほっそう》、倶舎《くしゃ》、華厳《けごん》、律《りつ》がそれで、その性格は宗教体系というよりも、論、もしくは哲学というにちかい。仏教の究極の目的である★65解脱《げだつ》ということについても、どういう経典を拠りどころとし、どういう方法でそれへ至れるかという具体的な実践面が欠けている。

さらに最澄が感じた奈良仏教の欠陥は、差別ということであろう。奈良仏教は仏になることの難《かた》さが説かれている。成仏のための段階のわずらわしさは、哲学よりもむしろインドの社会体制の反映ではないかと思われるほどである。

インドにおける種族階級《カースト》は、むろん、釈迦《シャカ》以前から存在し、こんにちなお牢固《ろうこ》としてゆるがない。

紀元前一〇〇〇年ごろインド亜大陸に侵入して、多様な先住民族を征服した白人《アーリア》系の種族は、自分たちの種族を高い階級におき、かれらがもっともつまらないと思った種族

★65 仏教用語。人間にとってのあらゆる苦悩や迷いの束縛から解き放たれて自由になること。

を賤民階級にすえた。皮膚の色で区別したために、インドの古文献語のなかでカーストにあたる言葉は色（ヴァルナ）であるという。

釈迦の仏教が、在来のバラモン教やその後のヒンドゥー教とは異なり、平等主義を説いたために、インド社会においてはやがて亡んだも同様になった。ただ初期仏教が完璧な平等論を持っていたかといえば、かならずしもそうではなく、当然のことながら、形而上的思考のなかにおいてさえ、その社会を反映した階級的感覚が生きていた。

その思想が、奈良六宗において濃く、それらの「論」を読んでも、人間ならだれでも仏になる素質をもっているという保証にはなりにくかった。

やがて最澄によって展開される大乗仏教は、のちに「草木も洩れなく成仏する」（草木国土悉皆《しっかい》成仏）という極端なまでの平等思考をうみ、その後の日本的感性や思想の基盤をつくりあげてゆくのだが、かれ一代の苦闘は法相宗の唯識《ゆいしき》学者徳一《とくいつ》★66（生没年不詳）との論争を頂点に容易なものではなかった。

徳一は、最澄が依所《よりどころ》とする『法華経』までは否定しない。が、『法華経』に、すべてのものが仏になる、とあるのは、あれは大衆を導くための手段として説かれたもので、結局は釈尊の本意ではない、サトリにさえ三つの階級がある、ということこそ釈尊の本意である、という。あるいは徳一のいうことこそ原始仏教に近かったであろう。

これに対し、最澄は、人はみな仏になるという平等論をかかげて不退転の論争をした。

★66 藤原仲麻呂の子と伝えられる。東大寺に住んだのち、修行の地を求めて東国に移る。筑波山《つくばさん》（茨城県）に中禅寺を、磐梯山《ばんだいさん》（福島県）のふもとに慧日寺《えにちじ》（現在の恵日寺）を開いて布教を行った。

最澄が、あたらしい時代の仏教と考えた天台宗は、すべてがかれの独創ではない。

最澄の誕生より百七十年前に死んだ智顗《ちぎ》（五三八～五九七）が、天台教学をひらいた。智顗（天台大師とよばれる）はいまの中国の湖南省華容県の人で、当時中国に入っていた仏典を取捨し、『法華経』を中心として壮大な教学体系をつくりあげた。きわめて高度の哲学体系を整えつつ、しかも止観《しかん》法門とよばれる強烈な実践宗教の要素を複合させた。

それらの経巻も書物も、奈良朝期にほぼ日本にきていたが、日本における官僧養成の必須教課のなかには入っておらず、顧みる者がまれであった。最澄はこれらを筆写するため所蔵する寺院を諸方に訪ね、叡山で独習した。かれが奈良をすて、官寺での修学をやめ、ひとり叡山にのぼり、林間に草堂を結んで独居したというのは、この独習が目的であったろうと思われる。

若い最澄が坂本から登った本坂★67というのは、当時、途中まで大宮川に沿う渓流沿いの道で、ときに流れの中の石から石へ跳ばねばならぬような杣道《そまみち》★68であったろう。

この当時の道をのちにやや道らしくしたのが、本坂である。

私はまだ登ったことがないが、物の本によると、登り口に六角地蔵堂、早尾《はやお》社という

★67 9ページの地図参照。

★68 きこりだけしか通らないような細くけわしい山道。

祠《ほこら》、それに遮那《しやな》王杉《おうすぎ》（遮那王は、義経の稚児《ちご》名）とよばれる老杉があるという。叡山の固有名詞は、漢名、和名ともに詞藻★69の感覚のふかいものが多い。

この本坂にも、花摘《はなつみ》社とよばれる小さな祠がある。最澄の母を祀るというが、昔でいう女人堂で、女人禁制のころは婦人もここまでのぼることができた。開山の生母を祀って下界の女人をそこでとどめるというのは山僧の優しい思想といってよく、やがてそれが花摘社とよばれるようになったという感覚もただごとではない。

本坂の途中に、俄《にわ》か雨や霧が巻いてきたときに身を入れたり、横たわったりするための簡単な建物がいくつかあった。いまはないかもしれないが、この建物のことを宿《やどり》とよんだ。こんにちなら簡易休憩所とでもよばれるところだが、言葉としては宿のほうがはるかに美しい。本坂のながさは頂上の東塔《とうどう》まで三キロである。下から十二町目の宿は、とくに「要《かなめ》の宿」とよばれた。主要簡易休憩所ということかと思ったが、そうではなく、この宿から琵琶湖をながめると、遠景の湖が扇形になり、唐崎の松がその要のように見えるからだという。それについて鎌倉初期の人で『愚管抄《ぐかんしょう》』★70の著者である慈円《じえん》★71の歌もある。「唐崎の松は扇のかなめにて漕ぎゆく舟は墨絵なりけり」。墨絵なりけりは説明的で慈円らしくもないが、いずれにしても、粗末な宿の名にも古歌の磨きがかかっているあたり、叡山は世間の数ある山とはちがっている。

むろん最澄のころは原生林にちかい、そういう景観が展《ひら》けていたかどうかわからない。

遮那王杉

★69 しそう＝言葉の美しさ。

★70 第一代神武《じんむ》天皇から第八十四代順徳天皇に至るまでの歴史と、その歴史の総論を「道理」の理念にもとづいて述べたもの。

★71 一一五五年～一二二五年没。天台宗の僧。四度にわたって天台座主を務める。歌人として優れ、『新古今和歌集』に九十二首にも及ぶ歌が掲載されている。

最澄が籠ったのは、いまの東塔北谷《きただに》のあたりであったといわれる。

山居一年あまりで、最澄は自分の生涯がどうあるべきかについて希望と誓いの短い文章を書いた。のちに「願文《がんもん》」とよばれるのがそれで、虚空に対して希《のぞ》みをのべ、みずからの卑小をかえりみて五箇条の誓願を立てている。

　悠々たる三界は純《もは》ら苦《く》にして安きことなく、擾々《ぜうぜう》たる四生《ししやう》はただ患《くわん》にして楽しからず。牟尼《むに》の日久しく隠れて（註・釈迦が死んで年ひさしく）慈尊（註・釈迦の死後、衆生を救うという弥勒菩薩《みろくぼさつ》）の月未だ照さず。三災（註・世界の終末におこる厄災）の危きに近づきて、五濁《ごぢよく》（註・末世のけがれ）の深きに没《しづ》む。

というのが願文の冒頭で、文章にふしぎな韻律があるのは、青年らしい客気★72と悲愴感というものでもない。自己の非力を本気で悲しみつつも志を高めて奮わざるをえない不退転の境地に自己を追いこんでいることによる。

　最澄は自己を卑下して、

「愚《ぐ》が中の極愚《ごくぐ》、狂が中の極狂、塵禿《ぢんとく》の有情《うじやう》（註・どうにもならぬやくざなやつ）底下《ていげ》（註・きわめていやしい）の最澄」

ときめつけている。自己卑下の型としてこの時代、こういう型はなかったかと思われ

★72 かっき＝血気さかんな様子。

叡山の三塔十六谷略図

るから、最澄は心から驕《たかぶ》りのまったくない底の底から自分を目標にむかって出発させたかったのであろう。

目標というのは、

「伏して願はくは、解脱《げだつ》の味《あぢ》独り飲まず、安楽の果独り証せず、法界の衆生と同じく妙覚に登り、法界の衆生と同じく妙味を服せん」

ということである。奈良仏教ではさとりをひらくのは自分のためであり、ひとのためではないとするところがあるが、最澄はすでに『法華経』を読んで、この経にあるように衆生とともに仏果を得たいという思想に達している。かれはのちに奈良を小乗といい、天台宗を大乗といった。乗とは本来「のりもの」の意で、教義体系をいう。船にもたとえている。小乗はちっぽけな船で、大乗は一切衆生が乗れる大船のこととする。この願文そのものが奈良仏教への訣別の辞ともいえる。

この文章は、かれの十九歳か二十歳のころの作である。八世紀末の青年の文章は、右の願文のほか、一つしかのこっていない。かれより七つ齢下の空海が、二十四歳のときに書いた『三教指帰《さんごうしいき》』がそれである。儒教、老子教、仏教という三つの思想を比較し、結局仏教が他を圧してすぐれているということを読み戯曲のかたちで書き、山林の若い乞食坊主である自分が仏道を成就したいという志の逸《はや》りをのべたものである。わかい最澄の願文にみられるきまじめな昂揚に対し、空海の場合はかがやくような才華をもって読む者を説得しつつ、価値のたかい目標にむかって旅だつ自分の足どりを、律動的に表現している。

この残された二つの文章では、書き手の性格のちがいをうかがうべきで、優劣は論じがたい。

ただ大和ことばをつかったものとしては、空海作のたしかなものは残っていないが、最澄にはある。二十二歳のとき、いままでの草庵をあらため、現在の根本中堂《こんぽんちゅうどう》の場所にはじめて寺らしいものを造り、これを比叡山寺と名づけたとき、

阿耨多羅《あのくたら》
三藐三菩提《さんみゃくさんぼじ》の仏たち
我立杣《わがたつそま》に
★73冥加《めか》あらせ給《た》へ

という歌を詠んでいる（訓《よ》みは『訳註叡山大師伝』による）。この歌はのち『新古今集』におさめられたが、音律としてもうつくしい。「あのくたらさんみゃくさんぼじ」とは最高の真理を悟った境地という意味のサンスクリット語で、そういう外国語を歌の冒頭にもってくるという大胆さは、作意を超えた懸命の声とはいえ、凄味がある。杣と

★73 知らないうちに受けている神仏の援助や加護のこと。

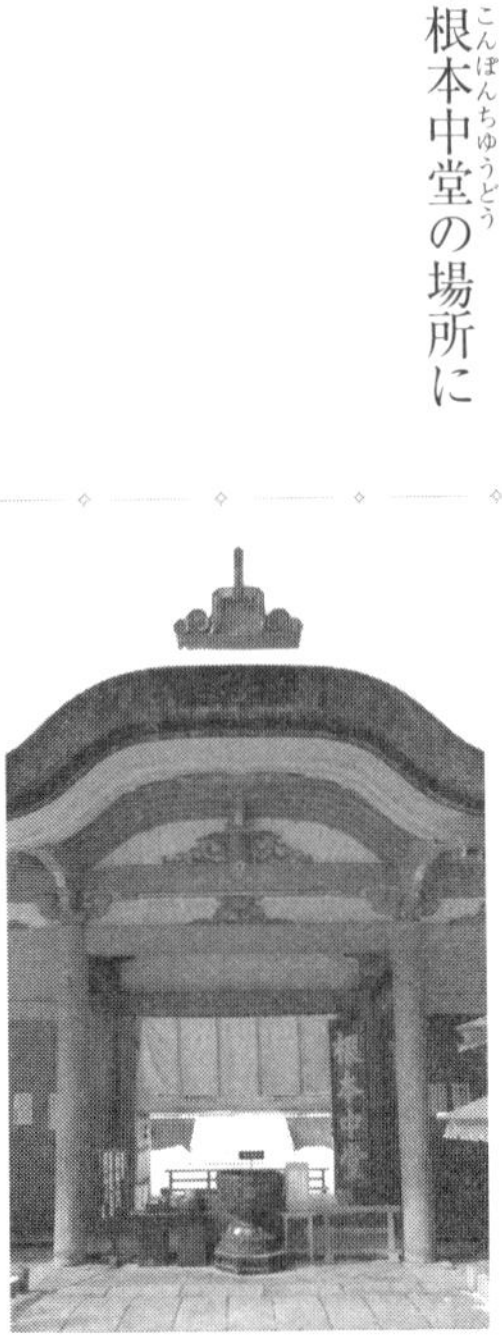
根本中堂

いうのは樹木の茂った山ということだが「わがたつそま」というふうに、自分と教義と、さらにはいまできたばかりの寺を一つにしてただの五文字による大風景に仕立てあげた詩的能力は、後世の『新古今』の撰者が目を見はったところであろう。

この時期、叡山の西側では、京都の町がまだ存在していない。都の機能の何割かはまだ奈良にあり、主なものは造営中の長岡京[★74]にうつされた（かのように思われる）。ともかくものちに日本語の詞藻文化をつくりあげた平安京はまだ野原であるにすぎない時期に、最澄はこの歌によってその文化のさきがけをしているようでもあるし、さらにいえば平安期を通じても「わが立つ杣」というほどにみごとなことばは幾例もない。

「冥加《めか》あらせ給《た》へ」

という句は、少年の心のような初々しさを感じさせる。冥加という言葉は、のちに自分一身の利益《りやく》をねがう語感が垢《あか》のように付いてくるが、最澄の場合、ひたすらにわが立つ杣に冥加をもたらしてほしいとのみ願っている。このみじかい言葉は山頂を一陣吹き去ってゆく真冬の西風のように清《きよ》らである。

私どもは坂本の町を一巡したあと、日吉大社の境内に入った。

大宮川が、地を深く穿《うが》って境内に小さな渓谷をつくっている。その上に架《かか》る御影石の石橋は、橋という以上に大がかりな石の構造物をおもわせた。若い最澄が登って行った

★74 ながおかきょう＝桓武《かんむ》天皇が造営した都。延暦三（七八四）年に遷都《せんと》されたが、延暦十三（七九四）年に平安京に戻された。

ころの道といえば、この石橋の下の小さな渓流によって想像するしかない。

日吉の神輿《みこし》

日吉大社の境内は奥へすすむにつれて山ふところに入ってしまう。

どの神社もそうだが、日吉大社も歴史とともに変遷している。

この祭祀地域は遠い古墳時代から存在し、そのころは山そのものが神体としてまつられていた。最澄がはじめて入山したころには、まだそういう形態だったであろう。

この山の神の名が、すでに『古事記』に出ている。大山咋神《おおやまくいのかみ》という。祭祀をしていた氏族は不詳ながらも、この山麓を拓いて最初に人里をつくったひとびとが奉《ほう》じていたのであろう。

天智天皇★75が都を大和《やまと》から近江《おうみ》の大津に移すのは、六六七年である。朝鮮の白村江《はくすきのえ》の水戦で、百済《くだら》★76・日本の連合軍が、唐・新羅《しらぎ》★77連合軍に文字どおり潰滅的な敗北を喫してから四年後である。戦勝軍が勝ちに乗じて日本に攻め入るかもしれないという恐怖がこの遷

★75 てんじてんのう＝六二六年～六七一年没。第三十八代天皇。中《なか》臣鎌足《とみのかまたり》とともに蘇我《そが》氏を滅ぼし、

都のかたちになったということは、諸材料でほぼ察することができる。が、天智は、その家系の歴史的な根拠地である大和をすてたのが心許なかったのであろう。

大和には、大和一国の地主神《じぬし》である三輪山《みわやま》がある。天智はその神（神名は大物主神《おおものぬしのかみ》）を勧請《かんじよう》してきて山麓にまつった。

以来、古い神は小比叡《おびえ》、あたらしい神は大比叡《おおびえ》とよばれるようになった。古いほうが田舎の小氏族に抱《いだ》かれていた神であったのに対し、あたらしいほうは天皇が勧請した神であるというので「大」がついたのであろうか。

のち、小比叡神は二宮《にのみや》とよばれ、大比叡神は大宮とよばれた。あたらしい神が筆頭であることはこの呼称でもわかる。ついでながら境内をながれている川が大宮川というのは、右の大宮からとられたものにちがいない。

最澄が入山したころの日吉の神域には、すでに小比叡神と大比叡神が合祀されていたと想像する。辻善之助《つじぜんのすけ》博士★78（一八七七～一九五五）の説もそうではあるが。

最澄の死後、比叡山延暦寺が、生前に最澄が決して予想しなかったほどの栄を示すとともに、日吉大社も山上の仏徒によって繁昌した。

その繁昌によって神の数がさらにふえた。

八幡神《はちまんしん》（八幡大菩薩）が加わった。日本の場合、神にも流行があり、いまでも八幡さ

大化の改新を断行した。

★76 四～七世紀にかけて朝鮮半島にあった国のひとつ。日本の大和朝廷と結びつきが深く仏教を伝えるなどしたが、六六〇年に滅亡した。

★77 朝鮮半島の南東部に存在した古代朝鮮の国名。朝鮮全土で最初の統一王朝となるが、九三五年に高麗《こうらい》によって滅ぼされた。

★78 明治～昭和期の歴史学者。東京帝国大学の教授や、史料編纂《へんさん》所の初代所長などを務める。日本の仏教史の研究に業績を残し、文化勲章を受章した。

んと祇園（八坂神社）さん、それに天満さんがもっとも多いが、この流行のさきがけをなしたのは八幡信仰であろう。

おそらくその流行とかかわりあってのことだろうが、いつのほどか、日吉大社に八幡神がまつられるようになった。むろん、八幡宮の本家である豊前宇佐《ぶぜんうさ》[★79]から勧請されたのである。僧たちはこの神を、中国風に命名して「聖真子《しょうしんじ》」とよんだ。

僧たちはこの三神を、

「三聖」

とよぶようになったが、これも中国風といっていい。

さらにつぎつぎに神々が各地からよばれて合祀された。八王子、客人《まろうど》、十禅師《じゅうぜんじ》、三宮《さんのみや》とよばれる神々がそれで、あわせて七柱《はしら》になった。この七柱を古参の神々として、それ以後によばれた神と区別し、

「上《かみ》ノ七社」

と称した。のちにふえた神は「中ノ七社」「下ノ七社」という。神の数は三七《さんしち》・二十一柱《はしら》になり、さらに末社がつぎつぎにふえ、ついに「社内百八社」とよばれるまでにふえた。

このため、これらの神々を総称する呼称が必要になった。というよりも一神格として見るようになり、いつのほどかそのための「名前」ができた。

★79 現在の大分県宇佐市にある宇佐神宮のこと。全国八幡宮の総本宮。

「山王《さんのう》」

である。日吉山王《ひよしさんのう》とよぶ場合もある。

ふつうは、山王大権現《さんのうだいごんげん》という。

「比叡山の守り社《やしろ》である日吉の神は山王大権現と申しあげる」

というのが、明治以前までの言い方であった。

ところが明治の神仏分離によって、山王大権現というような仏教くさい神名は廃されてしまった。明治初期国家の最大の愚行は、廃仏毀釈★80・神仏分離★81であったが、小さくは山王とか権現、明神といった千年来なじまれてきた日本語が捨てられたことである。

その後は、この神社の名も日吉大社という。

本来、日吉山王大権現である。この神仏習合★82の言い方のほうがはるかに霊験ありげにきこえる。もっとも神名を仏教風によぶと、神職が祝詞《のりと》をあげるだけでは済まなくなり、明治以前のように社僧をつれてきてお経をあげなければならなくなるかもしれない。

それにしても「山王」というのはどこからきた漢語だろうか。

中国の天台山にまつられていた地主神が山王とよばれていたかどうかを調べてみたが、よくわからない。

山王という言葉そのものは、仏典(『金剛経』や『法華経』など)に出てくる。あるい

★80 はいぶつきしゃく＝明治政府の神道国教化政策に関連して起きた仏教排斥運動。各地で仏堂・仏像・仏具・経巻などに対する破壊活動が行われた。
★81 しんぶつぶんり＝明治維新後の政府の宗教政策のひとつ。神道の国教化を目指して、神道の仏教からの分離を図った。
★82 しんぶつしゅうごう＝日本古来の神の信仰と外来宗教である仏教への信仰が融合した思想および習俗。

はそこからとられたものかもしれない。

日吉山王大権現の使いは猿であるという。

「日吉」

というだけで猿というイメージがあった。豊臣秀吉の幼名がはたして日吉丸であったかどうかは考証のむずかしいところだが、たとえのちの創作であるにせよ、近世の言葉の語感として猿と日吉のイメージが重なるということではまちがいない。日吉山王大権現と猿の関係が民間の教養として流布していた証拠でもある。

最澄入山のころ、いまの日吉の地にすでに神がまつられていたことはすでにふれた。ただ猿が聖獣としてあつかわれていたかどうかは、疑問である。そういうことはなかったのではないか。

江戸期の百科事典である『和漢三才図会《わかんさんさいずえ》』には、僧行円《ぎょうえん》がはじめたとある。

行円は、平安中期に京の巷《ちまた》で有名だった奇僧で、僧としての形態は叡山の正規の僧でなく「聖《ひじり》」である。聖が、正規の手続きによらずに勝手に僧になり、市中を遊行《ゆぎょう》する人であることはいうまでもない。

行円は平素鹿皮の衣をまとっていたから、ひとびとがめずらしがって「皮聖《かわひじり》」とよんだ。このあだなによって、行円が一条の北に建てた寺も、ひとびとは、

「皮堂《かわどう》」

行円が登場する『和漢三才図会』末之二十七巻

とよんだ。行円自身が命名した寺の名は行願寺《ぎょうがんじ》[★83]だが、皮堂のほうが、日本語が言葉としていきいきと息づいている。

行円は聖だから、叡山には近づけない。しかし日吉山王大権現には参籠することができる。参籠するうちにあるいは猿についての神の啓示でも受けたのだろうか。むろん『和漢三才図会』の記述を仮りに信ずるとしての想像だが。同書には、

猿ヲ以テ宦者《ツカハシメ》（註・この場合は神の従者というほどの意味）ト為《ナ》シ、社ノ傍ニテ之ヲ養フ。

とある。

森の中をゆくと、社務所がある。そのかたわらの大きな木の下に檻があって、なかに何頭かの猿がいる。

（ああ、社ノ傍ニテ之ヲ養フ、というのはこれか）

と、変に感心してしまった。

よく茂った枝が天蓋《てんがい》のようになって、樹下の空気を淀ませている。風がないために飼猿特有のにおいがこもっていた。

この叡山では、戦後、京大の動物学教室の間《はざま》博士が野生の猿の餌付けに成功して、山

★83 西国三十三カ所第十九番札所。現在は京都市中京《なかぎょう》区にある。革堂《こうどう》とも。

行円（『集古十種』より）

ぜんたいがかれら野猿たちの棲家《すみか》になっている。それとはべつに、日吉大社の古来のしきたりによって檻にも猿がいるのが何となくおかしい。野猿もまた神の「宦者」であるという解釈さえできあがれば、檻の猿を放してやってもいいように思うのだが、それはあるいはちがうのかもしれない。

さらに進み、朱塗りの楼門に近づいたが、相変らず人影を見ず、樹々の蔭が濃くなり、陽はいよいよ傾いている。

さきに、石の橋のかたわらで会った老婦人が、

「お神輿を観るなら、五時ですよ」

午後五時でその収蔵館は閉館である、ということを親切にも教えてくれた。

そのためには、道をいそがねばならない。

平安末期、叡山の僧兵が日吉山王大権現の神輿をかつぎだしては大挙京に入り、宮廷に対し、らちもないことを強訴《ごうそ》[★84]するというのが、一種の型のようなものになっていた。『平家物語』[★85]にもある。その「御輿振《みこしぶり》」のくだりに、

さるほどに、山門の大衆《だいしゅ》、国司加賀守師高を流罪に処せられ、目代近藤判官師経を禁獄せらるべき由、奏聞度々《どど》に及《およぶ》といへども、御裁許なかりければ、日吉《ひよし》の祭礼をうちとゞめて、安元三（註・一一七七）年四月十三日辰の一点に、十禅師・客人・

★84 為政者《いせいしゃ》に対し、徒党《ととう》を組んで強硬に訴えること。

★85 鎌倉時代前期に成立した平家一門の興亡を描いた軍記物語。

八王子三社の神輿賁《かざ》り奉て、陣頭へふり奉る。さがり松（註・地名。以下同じ）・きれ堤・賀茂の河原・糺《たゞす》・梅《むめ》たゞ・柳原・東北院のへんに、しら大衆《だいしゅ》・神人《じんにん》・宮《みや》仕《じ》・専当《せんだう》みち〳〵て、いくらと云《いふ》数をしらず。神輿は一条を西へいらせ給ふ。

勢いにまかせて振りまわす神輿のきらびやかさ、おごそかさは、

「御神宝《ごじんぽう》天にかゝやいて、日月《じつげつ》地に落給《おちたま》ふかとおどろかる」

と、みごとに言いあらわしている。

かついでいるのはみな下級の僧ばかりである。しら（素《しら》）大衆の素は素《す》うどん、素人《しろうと》の素に相当する。官位をもたない僧。神人とは、神職ではなく神社の雑役をする下人で、僧に似て頭をまるめている。専当も、雑役をする僧。僧形《そうぎょう》はしているが、古律令《こりつりょう》でいえば正規の僧ではない。

それらが、袈裟《けさ》で顔をつつんで目だけを出し、太刀を佩《は》き、薙刀《なぎなた》などを持っている。弁慶の姿である。最澄が、叡山に一寺をたてて、

「我立杣《そま》に冥加《めか》あらせ給《た》へ」

と仏たちに加護を祈ったときには、そういう連中が出て来ようとは思いもよらなかったろう。

平安初期に興った真言にせよ天台にせよ、要するに隋・唐仏教である。隋・唐仏教の

弁慶の格好

特徴は鎮護国家で、その思想はそのまま両宗に入っている。具体的には宮廷を加護する機能をもっていた[★86]。

このため宮廷や貴族からの領地の寄進が多く、平安期の叡山はじつにゆたかなものであった。

金穀が多ければ、人もあつまる。荘園からの年貢《ねんぐ》のとりたてやその管理にずいぶんの人数が要ったし、養うこともできた。諸国の食いつめ者や、志を得ない者どもが叡山にあつまるのも当然であったろう。

叡山には、最澄が「山家学生式《さんげがくしょうしき》」で決めて以来の学生《がくしょう》が居る。このときも多数いる。それらが山へ連れてくる下人《げにん》も、僧の格好をした。叡山の堂塔伽藍の雑用をする下人も、僧の姿をしている。

これらを階級的にわけると、

「上方《じょうほう》」

とよばれる階級が学生（学匠、学侶ともいう）であった。次いで「中方」というのがあって、これは非正規僧である堂衆である。

その下が「下方《げほう》」で、素法師《しら》とか法師原《ばら》などとよばれた。これら「中方」と「下方」が、弁慶の格好をし、覆面して刀杖《とうじょう》をたずさえ、大下駄を踏みならして山を駆け、かたまって諸方に戦争を仕掛けるのである。

★86 ちんごこっか＝仏教によって国を守ること。

「衆徒三千」

といわれた。平安末期、源平の武士団が京へのぼってくるまでは、公家《くげ》政治の首都である京には、ろくにまとまった兵力などは常駐していなかった。当時、都にちかい叡山に三千という武装兵がいたというのは、力の異常配置といっていい。

かれらは強訴をするかと思えば、天台宗の分家ともいうべき大津の園城寺《おんじょうじ》（天台宗寺門派の総本山。通称三井寺《みいでら》）を襲い、堂塔伽藍千数百棟を焼き払う（一〇八一）ということをしたり、また山上ではときに学生派と合戦したりした。

かれらが事をきめるときは、

「山門の僉議《せんぎ》」

という大衆討議の大会合をもつ。山頂の大講堂の前の広場に集合するのである。

かれらは「入堂杖《にゅうどうじょう》」とよばれる三尺の棒を手に手にもち、覆面をしてあつまってくる。地面にすわるのだが、石を一個持ってきてそれへ尻をおろす。指導者が僉議すべき問題について大声で述べ、賛否をはかると、賛成ならば、

「モットモ、モットモ」

と、声をあげる。不賛成なら、

「コノ条、謂《いわ》レナシ」

と叫ぶ。

神輿をかついで京へ乱入するというときも、右のような手続きを経て行動をおこすのである。

山門の大衆、日吉の神輿を陣頭へふり奉る事、永久（一一一三〜一一八）より以降《このかた》、治承《じせう》（一一七七〜八一）までは六箇度《ろくかど》なり。

と『平家物語』にある。

その神輿が保存されているという。

本殿の脇門をくぐって山道をくだると、山道の右脇の溝を山の水が、いきおいよく奔《はし》っている。

やがて、まわりから孤立したかたちで、コンクリート造りの宝物館があった。

なかに入ると、若い巫女《みこ》さんが一人しかいない。終日ここで受付をしているという。

観覧料をはらって館内をながめると、建物いっぱいに神輿七基が金色燦然と一列横隊にならんでいる。それ以外は、なにも展示されていない。

無口な巫女さんで、まだ十八、九歳ぐらいかと思ったが、きくと、高校を出てもう十年もこのようにここでつとめているという。すでに結婚していて、坂本に家がある。

「若い方にはつとまりません」

日吉大社の神輿

というが、老若にかかわらず、よほど人柄が出来ていなければ神輿の番などできるものではないと思われた。

神輿は、むかって右から、白山宮、宇佐宮、西本宮《にしほんぐう》、東本宮、樹下宮《じゅげぐう》、八王子宮、三宮というふうにならんでいる。いずれも何ともいえぬ重量感があって、金色《こんじき》の戦車がならんでいるようにも見える。

「いつごろのものですか」

と、巫女さんにきくと、しずかにかぶりを振って、存じません、と答えた。

そのように答えるのが、あるいは作法になっているのかもしれず、当方としては彫金や塗りぐあいを見てあてずっぽうで見当をつけるしかなかった。江戸中期以後かと思ったりしたが、間違っているかもしれない。

円仁入唐《えんにんにっとう》

平安仏教は、天台の最澄と真言の空海によってひらかれたが、空海の場合、生存中にその教学を大完成してしまった。あとは弟子たちが空海の★87衣鉢《いはつ》をつぐだけでよく、このためその後の歴史において真言宗の教学は発展していない。

それにひきかえ、最澄は唐の天台山からもち帰ったぼう大な経論のたぐいをほとんど整理できずじまいで死んでしまった。死にあたってうらみが大きかったであろう。

最澄は晩年は南都仏教とのたたかいのために一宗の確立が困難で、弟子たちの多くが叡山を去った。

かれは死に臨んで、その数すくない弟子たちに、

「私の供養のためなどといって仏像をつくったり、写経したりするな（我ガタメニ仏ヲ作ル勿《なか》レ、我ガタメニ経ヲ写ス勿レ）」

と言い、

「我ガ志ヲ述ベヨ」

と遺言した。悲愴というほかない。

最澄にとっての悔いは、天台教学の完成ができなかったことと、密教部門が不備だったことであろう。もともと最澄は入唐以前、★88密教にはほとんど関心をはらっていなかった。入唐の帰路、★89越州で船待ちしているときに、土地の田舎密教の一部をもちかえっただけであった。

帰国してみると、かれが主目的としなかった密教のほうに★90朝野の関心があつまったの

★87 師から、その道の奥義《おうぎ》を受け継ぐこと。

★88 みっきょう＝仏教の流派のひとつ。通常の仏教が明確な言語で説かれるのに対し、こちらは秘密の教義と儀礼を師から弟子へと伝える形で伝承していく。

は、皮肉というほかない。

すでに唐にあっては、インドからもたらされた密教というあたらしい仏教は、一時期流行したが、さかりはみじかく、衰弱期をむかえていた。歴史的な時間差ともいうべきことだが、日本には密教は正統のかたちではまだ入っておらず、貴族が唐からの情報をきいてこれに渇仰《かつごう》[★91]しはじめていた。かれらは最澄がもたらした天台宗という顕教のほうにはあまり関心を示さず、ほんの添えものとして持ちかえった越州の田舎密教のほうを歓迎した。

一時は最澄の密教がもてはやされたが、ほどなく大唐長安の正統密教のことごとくを持ちかえった密教専門家の空海に、その面での主座をゆずらざるをえなかった。

南都の僧護命《ごみょう》（七五〇〜八三四）からもこの点を衝かれ、

「僧最澄ハ、未ダ唐都ヲ見ズ、只辺州《へんしゅう》（田舎）ニ在ツテ、即チ還リ来ル。今私《ひそか》ニ式ヲ造リ、輙《すなは》チ以テ奉献ス」

と攻撃された。密教の儀式を、インドの正統のものでなく私的にでっちあげて国家に奉った、という意味である。最澄はその専門ではない密教について脆弱性を攻撃されるというじつにつまらない目に遭った。

最澄に、円仁《えんにん》（七九四〜八六四）という若い弟子がいた。下野《しもつけ》（栃木県）のうまれで、

★89 えっしゅう＝中国浙江《せっこう》省にかつて存在した州。

★90 ちょうや＝世間。

★91 心から強くあこがれること。

円仁

十五歳で最澄の門に入り、師の死にあうのは二十九歳のときである。

この円仁が、のちの円珍《えんちん》（八一四〜八九一）とともに最澄の「我ガ志ヲ述ベヨ」という遺言を守り、天台教学を大完成するにいたる。

円仁の性格には功名主義というなまぐさいものが見られない。入唐して名を不朽にしたいというのが動機ではなく、まわりの勧めで亡師の遺志を遂げるべくやむなく遣唐使団のなかに加わったということであったらしい。

円仁の師の最澄は哲学的情熱と透明度の高い論理をもち、以上のことと重なるが、自分という特殊な人間から自分を外して普遍的な人間を見るという点ですぐれた資質をもっていた。またかれが大きな宗教者であることは、自分が救われたいという欲求がそのままかれの内部では人間一般が救われねばならぬということと不離に重なっていることであった。

円仁はその点、やや平凡であったかもしれない。

しかし亡師からその遺志を述べることを付託される人としては、これ以上はないと思えるほどにすぐれた資質をもっていた。学才があり、性格が篤実★92で、物事に対して犀利★93であり、さらには義務感を感ずるときには非常の勇気を出すというところがあった。

かれの入唐は、そのこと自体が、容易ならぬ冒険であった。この当時の遣唐使の航海

★92 とくじつ＝人情にあつく誠実なこと。

★93 さいり＝頭の働きなどが鋭いこと。回転が速いこと。

は統計的に何割かの率で死が覚悟されていたし、とくに円仁の場合、上陸後は遣唐使と別れて単独行動をとらざるをえなかったから、内陸での乞食旅行そのものが大きな危険をともなっていた。

円仁は、出発後九年で帰国した。

その間、かれは日々の見聞や印象を日記につけていたのであろう。帰国後、旅行記を書き、文箱におさめた。『入唐求法巡礼行記《にっとうぐほうじゅんれいこうき》』とよばれるものである（この表題のよみ方は漢字の音は漢音・呉音のいりまじりだが、慣例でそのようになっている）。

この旅行記は中世のころは僧たちのあいだで筆写されては読まれていたようだが、いつのほどか忘れられた。

明治後、その古抄本の一つが国宝に指定されたり、研究者としては岡田正之《おかだまさゆき》博士[★94]（一八六四〜一九二七）があるが、精密な訳註を付して刊行されるまでには至らなかった。

この旅行記が、人類の一財産として、玄奘三蔵《げんじょうさんぞう》の『大唐西域記《だいとうさいいきき》』およびマルコ・ポーロの『東方見聞録《とうほうけんぶんろく》』とともに、こんにち町の書店の書棚にかかげられるようになったのは、ライシャワー[★95]教授の英訳本『世界史上の円仁——唐代中国への旅』（一九五五年刊）以来である。同教授が、大学院学生時代にこれに目をつけ、当時の唐と日本の政治、社会の実情を踏まえつつ難解な漢文を現代語に移しかえたというのは偉業というほかない。

★94 明治〜大正時代の漢文学者。著作に『日本漢文学史』『近江奈良朝の漢文学』など。

★95 エドウィン・O・ライシャワー。一九一〇年〜一九九〇年没。アメリカの東洋学者。東京に生まれ、十六歳まで日本で過ごす。第二次世界大戦中からアメリカの対日政策に関わり、駐日大使も務めた。

さらに同教授の功績は、この旅行記の歴史的価値を評価して位置づけたことであろう。マルコ・ポーロの名は世界に轟いているが、円仁の名は故国日本でさえわずかに学者の間で知られているにすぎない、と同教授は言い、さらに旅行記としての精密さは『東方見聞録』よりもまさっている、という意味のことをしるしている。

同書は、九世紀の中国が、踏みしめてゆく土ぼこりの中から描かれており、歴史的研究のためにも貴重で、ライシャワー教授以前にもそういう点では引用されたりした。しかしこの書物全体についての研究がはじまるのは、同教授以後ではないか。訳書としては足立喜六訳注・塩入良道補注のものが平凡社の「東洋文庫」として出ており、また小野勝年氏★96の『入唐求法巡礼行記の研究』（鈴木学術財団刊）という全四巻からなる精密なものもある。

円仁は、唐において多くの新羅人《しらぎ》とかかわった。

唐という王朝のきらびやかさは、中国史上、圏外の異民族やその文化にもっとも寛容だったことに光源をもっている。

ともかくも国際性の高い王朝だっただけに、陸路は西域を通ってイラン系の貿易商が長安に入っていたし、海路はアラビア系の貿易商が、広東を中心に活動していた。

東方の新羅人だけが中国に存在しないというのはありえない。

★96 おの・かつとし＝一九〇五年～一九八八年没。歴史家。第二次世界大戦中は外務省の特別研究員として中国の遺跡発掘に従事し、終戦後は奈良国立博物館に勤務するほか、龍谷大学などで教鞭《きょうべん》を執った。

新羅人ではないが、★97高句麗《こうくり》人である★98高仙芝《こうせんし》（？〜七五五）が、★99玄宗《げんそう》皇帝につかえて将軍になっているのである。当時、高句麗人が中国に入ると、中国側がそのようによんだのか、姓を「高」とよぶことが多かった。高仙芝の兵の多くは高句麗人だったといわれるから、朝鮮から帰化した者の数は相当なものだったと想像される。

円仁が入唐した時期には、すでに高句麗という国は朝鮮半島に存在していない。古新羅も古百済《くだら》もなく、新羅に全土を統一されて、同名の国家になっている。朝鮮における最初の統一王朝である。

円仁が、中国の旅でしばしばかかわりあう新羅人とは、旧高句麗人、旧百済人なのか、あるいは旧新羅人なのか、そこまではわからない（韓国人にとっていまなおこの旧三国あるいはそれ以前の小国家群とつながる出身地域の問題が重要で、ときに軽度の政治問題になるし、日常的には自己同一性《アイデンティティ》——この場合はグループへの自己同一性——の課題になる）。

古新羅が、唐と同盟して古百済、古高句麗を討ち、半島を統一するのは六六八年で、円仁の入唐より百七十年前である。統一新羅王朝もよほど成熟している。

統一新羅の大きな主題は、文化を中国化することであった。そのことの徹底ぶりは、ひとびとの名まで、古朝鮮の風《ふう》をやめ、中国式の姓名になってしまったことでもわかる。

この時代の統一新羅の特徴は、国がひらかれているということであった。自然、中国のいろんな地に新羅人がいたとしてもふしぎではない。かれらは貿易商として中国に常

★97 現在の中国東北部から朝鮮北部を支配した古代朝鮮の国名。唐と新羅の連合軍によって六六八年に滅ぼされた。

★98 中国・唐代の武将。小勃律《しょうぼつりつ》（チベット西辺）を討って、中央アジア以西の七十二カ国を唐に帰属させた。

★99 六八五年〜七六二年没。中国・唐の第六代皇帝。楊貴妃《ようきひ》を寵愛《ちょうあい》したことが内乱の引き金となった。

住したり、僧として五台山★100で修行していたり、兵として唐軍に傭われたり、さらに多くは、奴隷として中国に売られてきたりした。

右のようなにぎやかな景況は、一見ふしぎなようにも見える。現在のわれわれには李氏朝鮮五百年の鎖国という印象があるため、統一新羅時代の華やぎがわかりにくく、そのため史料も薄いからである。円仁の旅行記は、統一新羅時代の一側面に、みごとな光をあてて浮かび出させている。

中国の山東半島の先端の南岸に、

「赤山《せきざん》」

という地がある。

円仁入唐にとって偶然ながら重要な土地になる。

かれが日本の最西端の五島列島の有救《うく》（宇久）島から東北の風に乗って中国をめざしたのは、承和《じょうわ》五（八三八）年六月二十三日の夕刻である。すぐ夜になった。

船は「暗行」し、僚船同士が、火を焚いて信号しあった。翌夜も、夜、海上にある。

円仁の文章では僚船同士が、

火信相通ジテ其ノ貌《さま》ハ星ノ如シ。

★100 ごだいさん＝中国山西省北東部の山。仏教の名山で、唐の時代には日本からも僧が訪れた。

唐までの道のり

と、即物的な描写が、そのまま詩になっている。生死の危機の緊張を、じかには言いあらわさず、言葉をおしみ、具体的事項のみを手短かにのべているためであろう。

やがていまの江蘇省海岸に破船のかたちで漂着し、揚州へゆく。

揚州の開元寺でさまざまの経論を請け、また密教の★101儀軌《ぎき》を学んだ。使節団幹部は円仁を揚州にのこして長安にいたるが、日本の使節団は唐の朝廷から優遇されず、大使が円仁の目的である天台山ゆきを請うても認められなかった。唐の官吏は、

――このまま帰れ。

という返答をくりかえすのみであった。

円仁は揚州から北上して楚州で遣唐大使一行と落ち合い、天台山ゆきが絶望的なことを知った。

円仁はやむなく一行とともに海岸に出、いったんは大使と海路を共にする。このときの使節団の乗船九隻は九隻とも新羅人貿易家から傭船したものであった。

円仁は、まだ目的の半ばにも達していないために、できれば下船したかった。唐朝に対する不法行為ながら、一行のなかから脱出し、密入国のかたちで長安か天台山に行きたかった。

この一行には、日本を出発したときから、新羅人が通訳として乗っていた。金正南《キムジョンナム》と

★101 仏や菩薩《ぼさつ》などを供養する方法。

いう者で、かれはかねて円仁の志をあわれみ、できるだけ協力しようとしていたらしい。正南の思案では、

「中国にいる新羅人の組織の中にまぎれこめば、ぶじに長安へも天台山へも行けるのではないか」

ということであったろう。問題は居留新羅人にわたす資金であった。

遣唐大使もこれを黙認し、円仁に沙金二十大両という大金をあたえた。

円仁は四人の弟子とともに、船が海州の東海県東海山の東辺の小さな湾に入ったときに下船した。

このあたりに新羅人の居留地があったらしく、そのうち円仁らは新羅人数人にとりまかれて身ぐるみを剝がれてしまったりする。が、土地の新羅人の長《おさ》や唐の地方役人の手でふたたび遣唐使船に乗せられ、さらに北上した。ついに赤山に至って停泊したとき、下船する。

赤山にも、新羅人の居留地がある。

この赤山での下船の場合も、日本側の傭い新羅人が、地元の新羅人と交渉してくれて、円仁の身の安全をとりはからっている。円仁入唐の後半の成功というのは、唐に居留する新羅人の僧俗吏民の親切に負うところが大きかった。

円仁にとって、

「赤山」

という地名は忘れがたいものになり、叡山に戻ってからも、入唐の艱難[★102]を語るごとに、この地名とひとびとの親切について触れたかと思える。

その赤山という地名を冠した寺が、叡山の西麓にある。

私どもは叡山東麓の坂本から京都にもどり、一泊して翌日、西麓をめざした。

赤山を訪ねるためである。

赤山《せきざん》明神

私どもは叡山山塊の京都側のふもとに沿いつつ、北にむかっている。

江戸期の地図でいえば、出発点は北白河村で、道が叡山西麓にいたると、ふもと沿い一帯が「修学院村」という村名になる。修学院の名は江戸期にできた同名の離宮から出たのではない。平安期の勝算《しょうさん》（九三九～一〇一一）という僧がそういう名の寺を建て、やがて廃寺になったあと、村名として名だけがのこった。江戸期の離宮はその村名を冠

★102 かんなん＝困難に出会って苦しみ悩むこと。つらいこと。

修学院一帯

したわけで、くりかえすようだが、離宮の名で地名ができたわけではない。

「修学院村」の大字《おおあざ》として一乗寺がある。

一乗寺も平安期にそういう寺があり、のち廃寺になって修学院同様、地名としてのこった。もっともこの字《あざ》には別に下松《さがりまつ》という通称もある。古くから村の丁字型の辻に大枝を垂れた松がうわっていた。村は山麓だから地が高く、西のほうの野から松がよく見えたから、村そのものが下松という名でよばれたのである。
★103『太平記』巻十五に、このあたりの地名が出てくるが、一乗寺という地名では書かれていない。
『太平記』のそのくだりは建武二（一三三五）年のことで、★104足利尊氏《あしかがたかうじ》が一時的に京都を占領し、宮方《みやがた》★105（後醍醐天皇方）はそのまわりに布陣し、★106奥州《おうしゅう》からは★107北畠顕家《きたばたけあきいえ》が奥州軍をひきいて到着して、大いに宮方の士気があがった時期である。

宮方の主力は叡山の山上にいた。それらが京都にいる足利方と合戦すべく西麓のこのあたりへ降りてくるについて、以下のような記述がある。


今度ノ合戦ハ、廿七日ニゾ被《ラレ》レ定《サダメ》ケル。既其《スデニソノ》日ニ成《ナリ》ヌレバ、人馬ヲ休《ヤスメ》ン為ニ、宵ヨリ楠木・結城《ユフキ》・伯耆《ハウキ》、三千余騎ニテ、西坂（註・雲母坂《キララザカ》）ヲ下々《オリサガツ》テ、下松《サガリマツ》ニ陣ヲ取ル。

★103 たいへいき＝南北朝時代の軍記物語。後醍醐《ごだいご》天皇の倒幕計画に始まり、南北朝の対立に至るまでの約五十年間の歴史を描く。

★104 一三〇五年～一三五八年没。室町幕府初代将軍。鎌倉幕府より後醍醐《ごだいご》天皇討伐の命を受けるが、天皇側に寝返り倒幕に転じる。しかし、のちに後醍醐天皇と対立して北朝を興し、室町幕府を創始して征夷大将軍《せいいたいしょうぐん》となった。

★105 ごだいごてんのう＝一二八八年～一三三九年没。第九十六代に数えられる。鎌倉幕府を倒し建《けん》

また似たような叙述として、同じ巻に、

去程《サル》ニ官軍宵ヨリ西坂《ニシザカ》ヲ、リ下《クダツ》テ、八瀬《ヤセ》・藪里《ヤブサト》・鷺森《サギノ》・降松《サガリ》ニ陣ヲ取ル。

というくだりもある。

右の『太平記』に見るかぎり、一乗寺という地名は、藪里、鷺森、降松（下松）という、さらに小さな小《こ》字《あざ》の名称であらわされている。

まあ、どちらでもよい。

のちに★108宮本武蔵《みやもとむさし》が京都の兵法《ひょうほう》の★109吉岡一門と決闘したといわれる一乗寺下り松というのは、植物としての松もしくはそれが植えてある辻だけを指さず、その集落の名であったことが、あらためて納得させられる。

私どもは、一乗寺とおなじ麓つづきの赤山にむかっている。最初、タクシーの運転手さんに、

「赤山」

といったとき、知っているだろうかという不安があった。赤山という変な漢音の名称は、地図にも現実にも地名としては存在しない。ただ「赤山禅院《ぜんいん》」という、一見、寺と

武《む》の新政を樹立する。

★106 陸奥国《むつのくに》の別名。現在の福島、宮城、岩手、青森四県と秋田県の一部にあたる。

★107 一三一八年〜一三三八年没。南北朝時代の公卿・武将。陸奥守《むつのかみ》に任じられるが、足利尊氏が後醍醐天皇に反旗を翻すと、軍を率いて上洛《じょうらく》。尊氏を九州に敗走させた。

★108 一五八四年〜一六四五年没。江戸時代前期の剣客。諸国をめぐって剣術修行に励み、二刀流を編み出して二天一《にてんいち》流剣法の祖となる。

★109 剣術の一流派である吉岡流の門人たち。

も神社ともつかず、しかし古くから叡山の一宗教設備であった一祠がそこに存在している。それも、世間に知られているわけではないから、運転手さんが知っているだろうかということで不安だったのである。

「そら、知ってますがな、北白川の氷屋の子で、子供のころからほうぼう配達しましたはけ」

「赤山まで氷を配達したんですか」

「あそこは麓ながら山の中や、涼しゅうて、氷、要らん、いうて注文しよらへん」

といった。京都の年寄りがユーモラスに物を言うときの言い方をする人で、齢をきくと昭和七年うまれだという。それにしては老けていて、しかもご当人自身、老け好みでもあるらしく、

「わしはな、最後の高等小学校の卒業や。高等というのはわしでしまいや、昔者《もん》やはけ、京都の地理はみな知っとる」

などといった。

赤山は、本来、中国の地名である。

平安初期、円仁《えんにん》が入唐《にっとう》（八三八）したとき、山東半島の赤山の地で居留新羅《しらぎ》人たちにじつに世話になったということは、すでに触れた。

ときに唐は、晩唐の衰弱期で、かつてあれだけ世界の思想や文物に寛容だったこの王朝が、仏教に非寛容になり、★110土俗信仰である道教を大いに保護しはじめていた。多くの理由があるにせよ、国家が衰弱して力に自信がもてなくなると、かえってナショナリズムが興るということであるのかもしれない。

円仁は大変な時代に入唐した。かれの在唐中、唐の役人たちは仏僧であるかれに冷淡で、さらには★111武宗《ぶそう》皇帝によって排仏令がくだされ、天下の仏寺四万がこわされ、僧尼二十六万人が★112還俗《げんぞく》させられるというさわぎがあり、かれ自身も長安にいるとき還俗させられてしまった。三十数年前の最澄・空海が入唐したころとは、唐も事情がかわっている。それに王朝は維持されているものの慢性的な乱世がつづき、旅の安全が保障されるような状態ではなかった。

こういう困難な情勢のなかで、山東半島赤山浦《せきざんほ》の新羅居留民たちは円仁の旅のために便宜をはかり、じつに親切であった。赤山はついにかれの在唐中、私的な根拠地のようにもなった。

ここで、晩唐に活躍し、円仁にとっても同時代人だった新羅の大貿易商人の存在を頭に入れておかねばならない。

この新羅人は、名がややこしい。朝鮮における固有の名を「弓福《クンボク》」(?~八四一)と

★110 どぞくしんこう=その土地の風俗や習慣に根付いた信仰のこと。

★111 八一四年~八四六年没。中国・唐の第十五代皇帝。道士の趙帰《ちょうき》真《しん》を重用し道教に傾倒するあまり、排仏令を出した。

★112 出家した僧侶が俗人に戻ること。

称していた。

唐側の史料では張保皐といい、日本側のそれでは張宝高という。円仁もその『入唐求《にっとうぐ》法巡礼行記《ほうじゅんれいこうき》』のなかで、張宝高と書いている。おそらく同一人物が三つの名をつかいわけていたのであろう。

朝鮮での生地も父母の名もわからないが、全羅道の多島海を根拠地として対唐・対日貿易をしていた。

若いころ、唐に入って徐州の軍隊に入った。帰国して清海鎮（全羅南道）の大使になり、官にある一方、多数の船と部下をかかえて、貿易をした。新羅には人間を唐に売る弊があったが、弓福はこれをきびしく禁じていたことで、その人物の一端をうかがうことができる。

この時代、日本の史料に、入唐者が新羅船に乗ったということがしばしば出るが、その多くは弓福の持ち船であったろうといわれている。

南朝鮮と唐とをつなぐ航路の要津《ようしん》★113が、山東半島の先端の赤山浦であった。ここに新羅の居留民がたくさんいたというが、おそらく弓福の配下か、弓福の事業と関係のあったひとたちにちがいない。

赤山浦には、赤山という山がある。

ここに寺があり、赤山法華院《ほっけいん》（円仁は法花院と書く）といい、僧も少なからずいる。

★113 交通・商業などの面で重要な港。

この赤山法華院も、弓福が創建した寺であるということを、円仁は『入唐求法巡礼行記』に書いている。

朝鮮半島では、七世紀に成立した統一新羅が、九世紀半ばにちかいこの時期にはすでに衰弱し、実力をもって王位をうかがう者が地方に蟠踞★114した。貿易で巨富をなした弓福もその一人であり、かれは私兵をたくわえる一方、新羅の宮廷ふかく影響力をもち、円仁が入唐した八三八年には挙兵し、円仁の在唐中の八三九年には閔哀王《ミネワン》を倒し、ことごとくその党類を殺傷し、祐徴太子《ウジンテジャ》をたてて神武王《シンムワン》とした。

円仁の『入唐求法巡礼行記』の開成四（承和六・八三九）年四月十九日の項に、かれが乗る新羅船が邵村浦《しょうそんぽ》（山東省牟平県乳山付近？）の入江の入口に碇をおろしていると、その翌日、ひとりの新羅人が小舟を駆ってやってきて、船に対し、おどろくべき情報を伝えた。親玉の弓福によるクーデターが成功したということであった。『入唐求法巡礼行記』の文章をよむと、その伝達者の言葉が肉声のようにきこえてくる。

張宝高は、新羅王子（註・祐徴太子のこと）と同心して、新羅国（註・閔哀王の宮廷をさす）を罸《ばつ》（註・罰に同じ）し得たり。便《すなは》ち、其の王子をして新羅国王子と作《な》し既了《おほ》せり。

★114 ばんきょ＝広大な土地を領し勢力を振るうこと。

本国にあっては、弓福は新しい王の神武王に、自分の娘を妃にせよ、と要求し、容れられた。ところが神武王が病死したため果せず、つぎに立った文聖王《ムンソンワン》がこの約束を践《ふ》もうとしたが、群臣が、弓福の卑賤をきらって反対したため、弓福は怒って反乱した。が、暗殺者に斃され（八四一）、以後、弓福による海上王国もおとろえる。弓福の死もまた円仁の在唐中のことであった。

円仁ら四人は、赤山の山中の赤山法華院（あるいは赤山新羅院）に滞留させてもらった。この寺の経済は弓福が寄進した五百石の荘田《しょうでん》によってまかなわれている、と円仁も書いている。

この滞在中、八月の十五夜の日に、赤山における新羅の僧俗が、家々に飲食を設け、三日間、歌舞、管弦した、という。新羅の僧が、

――八月十五日を祝うのは、新羅だけの風《ふう》である。

と、円仁に語った。いまでも、在日朝鮮人が旧暦八月十五日に一族の長の家にあつまって祝っているのは、円仁が見た赤山での俗習と関係があるのだろうか。

十一月十六日には、赤山法華院で『法華経』を講ずるというので、男女の僧俗があつまってきた。

其の集会せる道俗、老少、尊卑は惣《す》べて是《これ》新羅人なり。

と、円仁はいう。いまも叡山でやっている法華大会《ほっけだいえ》のような論議問答もあり、またその間、円仁が礼懺《らいせん》という文字をつかっている行事もある。礼懺とは、叡山でいう法華懺《ほっけせん》★115法《ぼう》のようなものであろうか。

円仁によれば、礼懺の一部が唐音であるほかは、すべて新羅風の漢音によっていたという。

円仁は、亡師最澄がかつて登った天台宗の大淵叢《だいえんそう》★116である天台山を志していた。が、天台山は遠い上に、この情勢下ではとてもゆけそうになく、困《こう》じはてていると、赤山法華院の長老である新羅僧聖琳《しょうりん》（林）が、

「いっそ五台山へゆけばどうか。そこにもすぐれた天台の学僧がいて、天台山にまさるとも劣らない」

とすすめてくれたので、そのとおりにした。

翌年春、赤山を離れるにあたって、円仁は土地の役人に、新羅の弓福あての礼状を残している。

「久しく高風を承わる。伏して欽仰を増す」

という文章からはじまる手紙で、そのなかに、日本を発つときに筑前《ちくぜん》★117の太守《たいしゅ》からあな

★115 天台宗の重要な法要。『法華経』を声に出して読むことで、罪を懺悔《さんげ》する儀式。

★116 物事の活動において特に中心となるところ。

★117 現在の福岡県北西部。

たへの紹介状をもらってきた、ところが船が座礁したときに波に流されてしまった、という旨のことが書かれている。

円仁が赤山で新羅人に親切にされたのは、失ったとはいえ弓福への紹介状を持っていた僧ということも、多少はあずかっているかもしれない。

それからの円仁の旅行は、長かった。いまの北京のずっと北にある五台山へゆき、またいまの西安（長安）へゆく。ついで揚子江下流に出、ふたたび山東半島の先端の赤山にもどり、新羅船に乗って博多へ帰るのである。

円仁は叡山に帰ってから、持ちかえった経論などを整理し、最澄の遺業を大成することにつとめ、やがて天台座主《ざす》になり、帰国後十七年で死んだ。

最晩年は入唐のことどもを想う日が多く、なかでも赤山の想い出がいよいよ鮮やかであった。新羅人たちの親切がわすれられない上に、ぶじ義務をはたし、帰国できたのは赤山にまつられている山神《さんじん》のおかげであると思うようになった。

「赤山の神をまつらねばならぬ」

と、つねづね言っていたが、経費がないままに過ぎ、ついに遷化《せんげ》★118した。

死後、その遺志が遂げられていないことに一山の大衆《だいしゅ》がふるいたち、僧のなかには衣を売って金にかえてさしだしたり、毎食一椀を節約して残した米麦を持ってきたりする

★118 高僧が死ぬこと。

者もあり、やがて他からも喜捨があつまって建立にこぎつけた。

明治まではこの祠は、

「赤山明神」

とよばれていた。叡山東麓の坂本にある日吉山王権現が一山の守護神であるのに対し、この赤山明神はとくに西麓をまもりつつ、日吉とあわせて一宗の守護神とされた。

叡山西麓の赤山明神（禅院）についての史料はすくなく、以上のようなことを知るだけで、大苦労してしまった。

赤山明神というのは、じつは中国の道教の神である★119泰山府君《たいざんふくん》であるという。道教の神——もしくは中国の地主神《じぬしがみ》——が日本であらわにまつられているというのはめずらしいのではないか。

本道から東への枝道に入るうちに、大きな石鳥居をくぐった。鳥居に「赤山大明神」という額がかかっている。

やがて林間に簡素な門があり、門の脚に、

「赤山禅院」

という文字が大書されている。門は感じようによっては中国風とも思えるが、しかし思いすごしかもしれない。本来「明神」であるのを「禅院」にしたのは、明治初期政府

★119 山東省泰安県の泰山に住むという神。人間の寿命を司《つかさど》るとされている（本文83ページから詳述）。

赤山明神（禅院）の鳥居

の神仏分離政策をごまかすためであったろう。「明神」なら神社にされてしまうが「禅院」なら寺として残されるからである。

門をくぐると、道はゆるやかにのぼりになっている。道の両側には石垣が組まれ、その上に盛土されて樹相の古い林がつづいている。

やがて、左側の台上に境内があった。

入ると、質素な屋根瓦ぶきの建物がいくつかあって、村の鎮守さんのようでもあり、辻堂を大型にしたようなお堂もある。

「京都市」

と書いた高札《こうさつ》があって、

仁和《にんな》四（八八八）年、天台宗座主《ざす》安慧《あんえ》が師の慈覚大師円仁の遺命によって創建した延暦寺別院である。ここにまつる赤山明神は慈覚大師が中国の赤山にある泰山府君を勧請《かんじょう》したもので、天台宗の守護神である。

……神体は毘《び》沙門天《しゃもんてん》に似た武将をかたどる神像で、延命富貴の神とされる。

と、書かれている。

赤山禅院の山門

泰山府君《たいざんふくん》

中国では、道教の祠のことを、「観《かん》」という。赤山禅院《せきざんぜんいん》は、道教神の泰山府君をまつる以上、赤山観というほうが、祭神に対してふさわしいかもしれない。

泰山は山東省泰安県の北にある高くもない山だが、古来、中国人が信仰的に崇敬してきた名山である。

泰山府君は、泰山の山の神で、たしか孫悟空の物語（★120『西遊記』）にもこの神が錦の官服のようなものを着て登場するのではないか。

道教はむろん中国の土俗信仰だが、のち仏教の影響でその宇宙体系がつくられたり、多少の形而上学もくわえられたりした。一種の古代科学（不老不死の薬をつくったり禍福吉凶を説いたりするなど）を持つということも特徴だが、神々が多分に人格的で、そ

★120 中国・明《みん》代の長編小説。四大奇書のひとつ。唐の三蔵法師が、孫悟空《そんごくう》、猪八戒《ちよはつかい》、沙悟浄《さごじよう》をお供に天竺《てんじく》まで旅する物語。

の男女の神像の作られ方が、なまなましいほどに人間に似せられ、よそおいも現世的であるという点にも特徴がある。後者は、たとえば日本の古神道の非視覚性とはずいぶんのちがいがあるといっていい。

泰山府君は、道教神としてもとびきり高い地位にいるわけではないが、あとから仏教に張りあうために創作された神とは違い、古い土俗のなかからうまれた神ということでは、重要な存在であるかもしれない。

古代、泰山は単に尊崇されていただけだが、泰山府君のかたちをとるにいたって、地上の人々の魂魄をつかさどる神というふうに能力づけられた。

泰山ハ一《いつ》ニ天孫ト曰《い》フ。天帝ノ孫ト為《な》リ、人ノ魂魄ヲ召シ、生命ノ長短ヲ知ルヲ主《つかさど》ル……。（★121『陔餘叢考《がいよそうこう》』）

という。『陔餘叢考』では、こういう能力が付加されたのは後漢からであるとし、その証拠として『後漢書』方術伝を引いている。

同書によると、後漢の占術家許曼の祖父の許峻という人は、平輿のうまれで、字《あざな》は季山、卜占の術に長じた。

許峻が自分で語るのに、あるとき重い病にかかり、三年もなおらなかった。「乃《すなは》チ太

★121 中国・清代にできた百科事典のような学術書。全四十三巻。

（泰）山ニ謁シ、命《めい》ヲ請フ」――許峻は泰山神に拝謁して自分の命数はどれほどでしょうかとききき、そのあと下山の途中、道士の張巨君に出会い、方術をさずけられた、という。

この記述が『後漢書』にあらわれているから、後漢の時代に泰山府君の信仰がすでにあらわれているというのであろう。

ところで、紀元前からこの後漢末期にかけて、烏桓《うがん》（烏丸《うがん》とも書く）という異民族（非漢民族）がいた。私の想像では、この烏桓と遼東半島の赤山および赤山の信仰と、無縁でないのではないかということなのである。このため、しばらくこの記述をつづける。

まず、烏桓についてふれる。

古代からモンゴル高原にいた遊牧民族で、その高原で大勢力をなしていた匈奴《きょうど》★122にたえず圧迫されていた。言葉は、匈奴と同様、トルコ語族かモンゴル語族かのいずれかで、どちらにしても漢民族の言語とは異り、ウラル・アルタイ語族である。

習俗は匈奴と似ていた。なぜ烏桓とよばれたかについては、モンゴル語のウラン（赤）と結びつける説がある。

前漢帝国は匈奴の強勢をおそれ、烏桓を応援することによってその防壁たらしめようとしていた。後漢に入って匈奴がその内紛でおとろえると、烏桓が勢いを増し、匈奴と

★122 紀元前三世紀末から紀元後一世紀末にかけて、モンゴル高原を中心に繁栄した騎馬民族。紀元前二〇九年に、北アジアで最初の遊牧国家を建設した。

同様、漢民族圏への脅威になった。

その根拠地は、むかし、満州（中国東北地方）とよばれた地のうち、南の遼河の平野（現在の遼寧省）がそれであった。

後漢がほろび、魏《ぎ》の曹操《そうそう》によって烏桓は討たれ、弱小化し、敗残者は同系の満州遊牧民族である鮮卑《せんぴ》の部落に逃げこんでしまう（烏桓も鮮卑も、漢民族はこれらを東胡《とうこ》とよんでいた。のち学問用語になるツングースである）。

やがて、五胡十六国（三〇四〜四三九）の時代に入る。

漢民族圏が大きく南方に後退し、揚子江以南に逼塞《ひっそく》して、揚子江以北の広大な土地は、各種遊牧民族のものになった。五胡というのは、匈奴、羯《けつ》、鮮卑、氐《てい》、羌《きょう》のことである。烏桓は鮮卑に属していたから、鮮卑がたてた前燕、後燕、南燕、西秦、南涼などの諸王国の組成員になった。

この五胡十六国の時代は、漢民族中心の歴史からみれば狂瀾怒濤[★123]の時代といえるが、しかし見方を変えれば、後世、多民族国家として中国をとらえる考え方を形成する――もしくは混血民族としての中国人をつくりあげた――重要な時期だったといっていい。

いまでも、北中国のひとびとは、南の湖南省のひとや広東、福建のひとたちとくらべて背が高いとされる。塞外《さいがい》[★124]の遊牧諸民族が、長城をこえて大流入した名残りといえなくはないか。

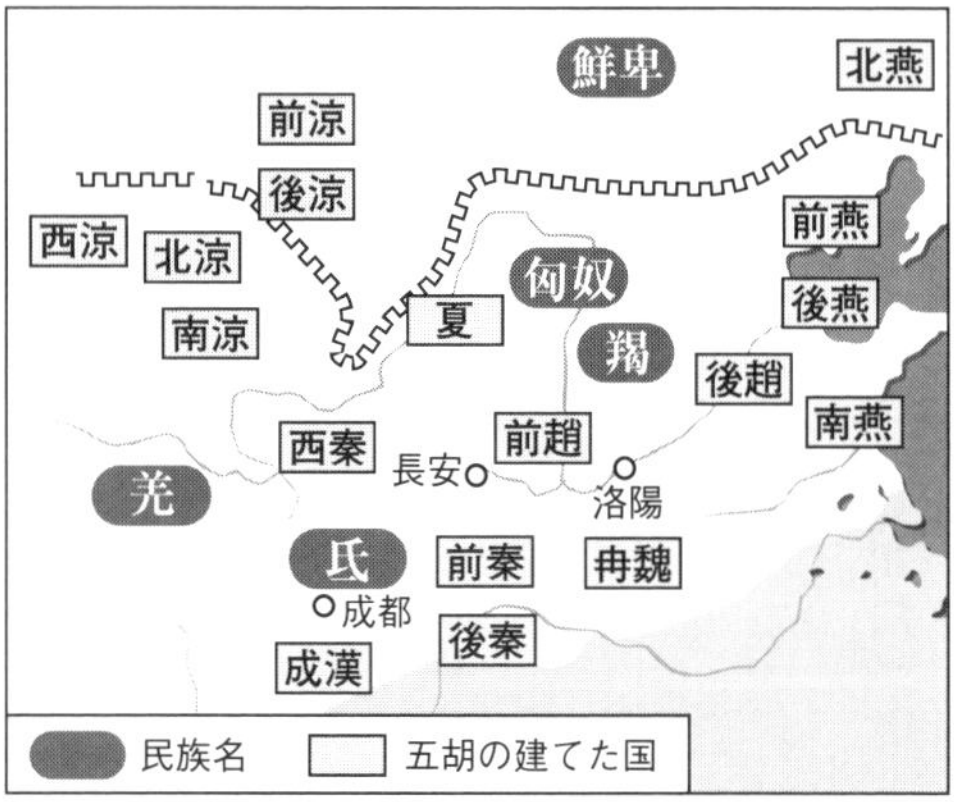

五胡十六国時代

★123 きょうらんどとう＝荒れ狂う波のように、世の中がひどく乱れているさま。

★124 万里の長城の外側。辺境の地。

また、山東省の人は背が高く、骨組みががっちりしているとされる。山東半島は異民族の地であった遼東半島と、たがいに先端がむかいあい、海上でいえば東京・静岡間ぐらいの距離しかなく、陸路をへても近い。たとえば近世になって逆に山東人が数多く「満州」に流入し、そこでの方言までが山東語になってしまうほどだったのは、距離の近さによる。五胡十六国のころ山東半島に大量に異民族がやってきたであろうことは、十分に想像できる。

ところで、山東半島先端の赤山のことである。

『後漢書』に、わずかながら気になることが出ている。その「烏桓鮮卑列伝・第八十」の「烏桓伝」の冒頭には、

「烏桓ハモト東胡ナリ。漢ノ初《はじめ》、匈奴ノ冒頓《ボートン》ニソノ国ヲ滅サレ、余類、烏桓山ニ保ス。以テ号トナス」

とある。烏桓山にいたから烏桓というのだ、というのはにわかに信じがたいが、烏桓という音がモンゴル語の赤《ウラン》に相当するという古くからの説を傍証するには都合がいい。烏桓山はいまの内蒙古★125阿魯科爾沁《アールコーアルチン》にある烏聊山《ウラン》——赤い山——であることは『清一統志』にあるとおりで、ほぼまちがいない。

『後漢書』の「烏桓伝」には、烏桓人は、鬼神ヲ敬《おそ》レ、天地日月星辰山川及ビ先大人ノ健名アル者ヲ祠《まつ》ル、とある。山のなかでもとくに赤い山を崇敬するともある。

★125 ないもうこ＝中国北部、モンゴル高原の南部を占める自治区。

烏桓人が死ねば魂魄は赤山に帰るという。ただしこの赤山については「烏桓伝」に、

赤山ハ遼東ノ西北数千里ニ在リ。

とあるから、内蒙古阿魯科爾沁の烏聊山のことであるらしく、私がふと想像した山東半島の先端の赤山ではない。

山東半島先端の赤山も、神聖山だったであろう。土地の者が山をまつって尊んでいたところへ、唐の末期、新羅人がやってきて寺をつくり、やがて日本から円仁がやってきてこの寺の厄介になった。この赤山と烏桓の赤山信仰とをむすびつけるのは無理がありすぎるが、モンゴル人びいきの私にはつい空想がそのように漂ってしまう。

「烏桓伝」には、烏桓人の死霊は赤山に帰る、という記述につづいて、

「たとえば、中国の人の死者の魂が泰山に帰るようなものだ（中国ノ人ノ死スル者ノ魂神ノ岱山《たいざん》ニ帰ルガ如シ）」

という文章がある。主題が、冒頭のそれにもどるが、要するに、死者の帰る場所としての泰山信仰が後漢のころにできたはずだという推論の論拠が、この文章である。泰山の神である泰山府君がやがては人々の生命の長短をつかさどると信じられるようになったのであろう。

山東半島の赤山も、死者が帰ってゆく神聖山であったという証拠はない。なかったという証拠もない。このことはことさらに考える必要もないことだが、ただ空想上の遊びとして、以上のことをのべてみた。

もっとも円仁《えんにん》が赤山に行ったとき、この山には死者の神である泰山府君が祠《まつ》られていたということだけはたしかである。つまりは、赤山が泰山の信仰的機能を果たしていたということであり、ふと烏桓人の信仰と漢民族の信仰とが、そういうかたちで習合したのかしらと思ったまでである。あてにならないことではあるが。

日本の叡山西麓の赤山にまで飛んできた泰山府君は、その本来の神の機能を本土に置きわすれたのか、人々の寿命をあずかるということをせず、延命富貴を御利益《ごりやく》とはしつつも、商売のかけとり★126の神になった。

——赤山さんにおまいりして集金にまわると、うまくゆく。

などといわれて、むかしから商家の信仰があつかった。

赤山禅院の境内に入ると、この禅院自身が貼りだしている仲秋の行事ポスターは、ぜんそく封じの「へちま加持《かじ》」というものであった。ポスターにはヘチマのぶらさがっている絵がかかれていて、

★126 後払いの約束で商品を先渡しし、料金を後でまとめて取り立てる取引のこと。また、その集金をする人。

ぜんそく封じ
へちま加持
皇城表鬼門
赤山大明神
方位守護

赤山禅院

とある。鬼門封じ[★127]や方位よけの霊験もあるらしい。いずれにしても寿命をつかさどるというおそろしい権能をもった泰山府君が、日本にきてまことにおだやかにくらしておられるというのは、めでたいことといわねばならない。

境内は、せまい。瓦ぶきの拝殿へすすむ石畳みの脇に天幕が張られていて、信心にかかわりのあるいろんなものが売られている。

利口そうな少女が店のぬしで、近づいてみると、少女というよりは齢頃の娘さんのようでもある。髪をつよくひっつめ、きりきりと後で束ねたいかにもいさぎよい性格を持っていそうなひとで、赤山禅院のゆらいをきくと、

「叡山の別院どす」

★127 きもん＝陰陽道《おんみょうどう》において、邪悪な鬼が出入りするとして恐れられる方角。丑寅《うしとら》（北東）の方角を表鬼門、未申《ひつじさる》（南西）の方角を裏鬼門と呼ぶ。

ということであった。

千日回峯の行者も八百日目には赤山で苦行《くぎょう》をすることになっている、とも言い、

「管領所《かんれいしょ》どす」

ともいった。そういえば山門に、天台宗修験道本山管領所、という看板もかけられていたから、叡山で行をするひとびとの本締《もとじ》めでもあるのだろう。

境内を一巡してみたが、中国のにおいをのこす建物などはなく、ともかくも村の鎮守さんといった感じのたたずまいである。

お坊さんは他行しているのか姿が見えない。売店の娘さんが、このささやかな伽藍を守っているという感じである。

境内を出、ふたたび山林の中を一丁ばかり歩いて、山門を出た。なお参道がつづいている。その参道のむこうに石鳥居があって、そこからは外界らしい。

私が乗ってきたタクシーの運転手さんは、よく気のつく人であった。赤山禅院の境内に坊さんの姿が見えないと知ると、坊さんに準ずる存在の人をつれてきてくれた。五十年配の誠実そうな人が、鳥居のそばの家から出てきて、

「お猿のことですか」

と、いってくれた。私が、先刻、売店の娘さんに、拝殿の屋根の上に載っけられてい

★128 せんにちかいほう＝七年間、約千日かけて、山中に点在する聖地を巡礼する修行。
★129 管理や取りまとめを行うところ。
★130 いっちょう＝約一〇九メートル。

る陶製（と思われる）の猿はどういう意味ですか、ときいたところ、娘さんが首をかしげたので、運転手さんが、鳥居のそばの家まで走ってくれたのである。〝最後の高等小学校卒業〟というのが自慢の運転手さんによれば、この人は、娘さんの父君ということで、消防局に三十年勤続している人でもあるという。

「あの屋根の上のお猿は、危難ヲ去ルということだそうです。御所の猿ケ辻のあたりにある猿とおなじ意味だと思います」

円仁のころ、中国の赤山に猿信仰があったかどうか。

中国の道教では、猿は厩《うまや》★131の守り神とされていて、それを踏まえ、『西遊記』にも、孫悟空が天帝の厩の番人にされるところが出てくる。悟空は「自分をただの猿あつかいにした」ということで怒るのである。

この道教の信仰は日本にも入っているが、この赤山禅院の場合は拝殿の屋根の上だから、べつの意味があるのではないか。

赤山大明神は山王日吉大権現とともに叡山の守護神である。後者の使者が猿であるということと無縁だろうか。また道教の信仰で日本化したものに庚申《こうしん》★132信仰があり、その象徴としての猿ということがあるが、赤山禅院には、あるいは中国直輸入の庚申信仰があったのではないかと思ったりしたが、あくまでも空想にすぎない。

いつのまにか、私のそばに赤山禅院の小僧らしい作業衣姿の青年が立っていて、娘さ

★131 馬を飼っておく小屋。

★132 十干十二支《じっかんじゅうにし》の一つである庚申《かのえさる》の日に、眠らずに身を慎むという信仰。体内にいる三尸《さんし》という虫が、人が寝ている間に天に昇り、その罪を天帝に告げて早死にさ

んの父君とのやりとりをきいている。

父君は、この寺の僧ではないのに物識りであった。名前をうかがうと、鳥居本一馬といわれる。家が、鳥居の内側にある。江戸時代から代々赤山禅院の用をつとめてきた家で、叡山でいう公人《くにん》の家であろう。

「鳥居の内側に住まわせてもらっていたのは、私の家だけでした」

「いまは、あたらしい普請のお家ですね」

「慶応四（一八六八）年に火事がありまして、古い家はわら屋根でもありましたから、全焼しました」

ということであった。

「雲母坂《きらら》★133は、この赤山の上ですね」

むかしは、京から勅使などが叡山にのぼるのは、多くは雲母坂をとった。僧兵が、高歯の下駄をとどろかせながら山から降りてくるときも、多くはこの雲母坂を経、赤山大明神のそばに出た。

平安期、叡山の僧兵は、神輿《みこし》をかついでの強訴《ごうそ》と示威運動の家元のようなものであったが、長暦《ちょうりゃく》四（一〇四〇）年八月、あたらしい天台座主《ざす》を補任する旨の宣命《せんみょう》（国文による公文書）を奉じた勅使がこの雲母坂からのぼり、坂の上の水飲《みずのみ》（地名）のあたりで僧兵にはばまれ、宣命を坂にすてて下山したこともある。


せようとするので、それを防ぐためだとされる。

★133 10ページの地図参照。

いまは、雲母坂は廃道にちかい。

「どういうぐあいになっていますか」

「坂ですか。荒れてしまって、歩くのがやっとです」

と、鳥居本さんはいう。

きょうは消防のほうは明けというから、鳥居本さんに案内してもらってもう一度赤山禅院にのぼってみようかと思ったりしたが、このあと曼殊院《まんしゅいん》へ行くという予定があったので、あきらめた。

私の知りたかったのは、赤山禅院と本場の道教のつながりとか、新羅とのかかわりがその後もあったかということなどだが、一方ではそういう伝承が絶えているだろうという思いこみもあって、あきらめることにした。

曼殊院門跡《まんしゅいんもんぜき》

曼殊院門跡の所在地は、ふるめかしくいえば、一乗寺村竹内《たけのうち》で、中世以後、西麓から叡山へのぼる重要な坂であった雲母坂《きらら》——いまは廃道にちかい——の坂にある。
かつてはこのあたりの西麓に竹藪が多かったから、曼殊院の所在地は、竹内とよばれた。中世の京都では、貴族の邸宅や別荘を、その所在する地名でよぶことが多かったから、ふつう、

「竹内御殿」

とよばれた。小さな地名を冠《かん》してよぶこのようなよび方は、よぶたびに山川草木がそこに顕《あらわ》れ出るような感じがしてじつにいい。桂離宮とか大和の帯解《おびとけ》の山村《やまむら》御殿といったふうのよび方で、明治以後では早稲田大学、戦後なら、一橋大学、お茶の水女子大、虎の門病院というようなものがある。こういう命名法は日本における施設の命名法のおろし問屋だった中国にはなかったかと思われる。中国の寺院や宮殿などは観念的な言葉を冠したものが多く、近代になって、北京大学、燕京大学、黄埔軍官学校といったものが出てくるが、それも広域地名で、所在地のほんの小字《こあざ》の名を冠する重要施設というものはなさそうである。

むろん、日本にもすくない。だけでなく、それらの多くは単に通称であることが多い。叡山東麓の滋賀院《しがいん》門跡は本来梶井門跡とよばれていたし、京都の東山の粟田口にある青《しょう》★134蓮院《れんいん》門跡も、粟田の御所とよばれていた。しかしいまは用いられていない。

いうまでもなく、竹内御殿の正称が、曼殊院である。

★134 天台宗三門跡のひとつ。

曼殊院門跡

★135中村《なかむら》元《はじめ》氏の『仏教語大辞典』をひくと、曼殊とは曼殊室利《まんじゅしり》（梵語のMañjuśrī——文殊菩薩）の略だという。だから曼殊院《まんじゅいん》というべきだが、叡山でも地元でもマンシュインとよぶ。曼殊院門跡でもそうよぶ。殊をシュというのは漢音で、僧侶ならジュと呉音——呉音は坊主よみという悪い言い方がある——でよぶのがあたりまえかもしれないが、大体、叡山の漢字の音《おん》は、むかしから呉音、漢音がいりまじってじつにややこしい。

マンシュインはその象徴といっていい。

このことについて思いつくままに触れると、朝鮮半島の百済《くだら》がさかんに中国へ船をやり、その文化を摂取していたのは五世紀末から六世紀のころで、この時期中国は統一されていない。漢民族王朝は揚子江下流に後退してそこで、仏教好きの南朝（六朝《りくちょう》）を建てていた。その地を地域名としてひろく呉とよぶ。百済の留学生や僧たちがその地で中国語を学び、お経をおぼえた。

『古事記』『日本書紀』の応神記（紀）に、百済から★136和邇《わに》（王仁）という博士がやってきて『論語』十巻と『千字文』一巻をもたらしたという。当然ながら、王仁は漢字を呉音でよんでいた。その一族や子孫が文書官（西文首《かわちのふみのおびと》とか、東文首《やまとのふみのおびと》）として活躍したというが、本当に王仁の子孫が文書官になったかどうかというその伝承の真偽はべつとして、日本が中国文化を摂取した初動期は中国大陸が四分五裂していたから、南朝に接触し、その音を用いるようになった。

★135 一九一二年～一九九九年没。インド哲学者、仏教学者。『初期ヴェーダーンタ哲学史』を完成させ、学士院恩賜《おんし》賞を受賞する。東洋思想の研究所である東方学院を創立し、インド哲学や仏教学、比較思想など幅広い分野で研究を行った。

★136 生没年不詳。百済からの渡来人。漢の高祖の子孫だと、百済王の使者阿直岐《あちき》に推挙されて来日したとされる。

やがて中国に統一王朝である隋・唐ができ、遣隋・遣唐使がゆくようになったが、かれらは、

「われわれが学んだのは南方の音《おん》だったのか」

と、あわてたにちがいない。

とくに唐の長安の音――唐の標準語――は、呉音とはずいぶんちがうのである。日本から、累次、数多くの留学生《るがくしょう》（この音は、呉音である）や留学僧が長安へ行ったが、かれらが持ちかえってくるあたらしい音を、当時、日本では漢音とした。

しかし奈良時代、奈良の大寺《おおでら》や役所では依然として呉音でお経をよみ、呉音で木簡の文字がよまれていた。朝廷では幾度か呉音を廃し、漢音に統一しようとしたが、たれもがそれを無視した。世をあげていったん覚えこんだ音というのは容易に捨てられないということもあるが、ひとつには、律令制の強権といっても言語統制するほど強力でなかったのだろうか。権力がそれをやることはむろん可能なのである。たとえば朝鮮ではその後呉音が政治の力で完全に消され、一字一音になっているのである。

日本は、呉漢混用でのこった。

最澄・空海や、最澄につづく円仁《えんにん》・円珍《えんちん》が入唐《にっとう》するころはむろん圧倒的に長安音であった。

このため、叡山ではわりあい漢音が用いられた。一方、日本に入ってきた早々の初期

仏教をまもる奈良の僧は呉音をもまもった。奈良の興福寺や東大寺、あるいは法隆寺、薬師寺などの僧からみれば、平安仏教の叡山の僧の漢音をきいて、

——ハイカラぶりやがって。

ということであったろう。戦後、英語をアメリカ発音でしゃべるようなものだろうか。しかし、漢字のならんだものを、呉漢とりまぜてよむというのは原則としてよろしくなく、呉音なら呉音でよみとおす、ということにはなっていた。それについても叡山文化というのは相当ルーズで、たとえば円仁の旅行記の題についても、

『入唐《にっとう》（入をニッというのは呉音のニフの転化）求法《ぐほう》（呉音）巡礼《じゅんれい》（漢音）行記《こうき》（漢音）』

というぐあいに慣習的によんでいる。

曼殊をマンシュと漢音でよんでしまうのは呉漢に不厳密な叡山文化だからそうで、仏教語は呉音としてきた奈良の東大寺の僧なら、いまでもこういう無神経なよみならわしをしないにちがいない。

曼殊院門跡にはじめて行ったのは昭和二十四年の暑いころで、それ以来、私は京都市域のなかの叡山系の寺院の中では、ここが一番気に入っているのではないかと思ったりする。

——一度、曼殊院門跡にきませんか。

と、誘ってくれたのは、朝日新聞の坂本通信局の山口晃岳という記者だった。このひとは一生叡山だけをうけもったというめずらしい記者で、もともと在家★137のひとだったのに、僧籍までとり、晃岳という僧名を名乗っていた。

ついでながら、故今東光《こんとうこう》★138氏が、少壮のころに筆を折り、叡山にのぼって僧侶になったのは『新潮日本文学小辞典』によると昭和五年・三十二歳の年で、このときすでに山口晃岳記者が叡山の担当者として山にいた。そのことをかつて今氏からきいたとき、山口記者の履歴のながさにおどろいたことがある。私ども同業の記者たちが曼殊院を見学させてもらったときはそれから十九年のちのことで、むろんその後も氏は叡山にいた。ねずみの抜け穴まで知っているというのは、こういう人のことだろう。

午後四時ごろ、坂をのぼって曼殊院の通用門をくぐり、玄関を入ると、衝立を背に正座して迎えてくれたのはこの寺の僧ではなく、山口晃岳氏であった。

「きょうは、曼殊院側《こちら》です」

と、晃岳氏はいう。よく考えてみると、この当時の門跡は天台教学の大家といわれた山口光円《やまぐちこうえん》という洒脱な老僧であった。名前の光と晃が似ているのは、晃岳さんにとって光円師が得度の師だったのだろうか。

このときばかりは、曼殊院の建物と庭を、陽が落ちるまで、柱の一つずつから屋根の

★137 ざいけ＝出家せず、普通の生活を送りながら仏教を信仰する人。

★138 一八九八年～一九七七年没。小説家。川端康成《かわばたやすなり》らとともに「新思潮」「文芸時代」を創刊するが、一時文壇を離れ仏門に入る。のちに『お吟《ぎん》さま』で第三十六回直木賞を受賞し、文壇に復帰した。代表作に『春泥尼抄《しゅんでいにしょう》』『悪名《あくみょう》』など。

こけらの苔にいたるまでゆっくり見せてもらった。

そのことで感じたのは、この寺が寺院というより、桃山期という芸術意識の昂揚した時代をへた公家《くげ》の別荘といったものであるということだった。

（これが、寺だろうか）

と、はじめ、ふしぎでならなかった。

日本における寺院の最初のかたちは、法隆寺や唐招提寺を見ればいい。

それらは、寺というより、隋・唐のころの官庁や宮殿の一部を見るような気持がする。

事実、仏教が西域をへて中国に入ったとき、インドの寺院建築までが入ったわけではなかった。僧を収容したり、仏像をまつったりする建物としては中国の既存の建物もしくはその様式のものが使われた。つまりは官庁が宮殿建築であり、そのことは寺という文字を通してでも想像できる。寺の原義は「役所の建物」ということであり、仏教渡来以前はそのようにして使われ、それ以後は主として仏寺の意味につかわれた。

飛鳥・奈良朝に建立された奈良の大寺は、すでに中国にも存在しなくなった長安の官《かん》★139衙《が》を想像させる。建て方は、官庁らしく規律と威厳をあらわすように縦横の線が楷書のように厳格であり、左右のバランスは武骨なほどに対称の思想をもってつらぬかれている。

床《ゆか》は、磚《せん》（レンガ）が敷きつめられていて、長安の文武百官はみなくつをはいて堂内

★139 役所。官庁。

に進入する。天井があくまでも高いのは、儀式のとき、長い鉾《ほこ》や、さらにそれ以上に長い旌旗《せいき》が林のように立ちならばねばならないからである。

例としては適当でないかもしれないが、秦ノ始皇帝が造営した★140阿房宮《あぼうきゅう》は、その一部の前殿（二階建）だけでも、二階に一万人の人が立つことができ、その一階は天井がとほうもなく高く、一〇メートル以上のながい旗をたてることができた、といわれる。これは極端な例であるとしても、ともかくも天井が高くなければ宮殿や官衙の用をなさなかった。そういう建造物が仏教寺院に転用された。それらはいまは中国全土にも陝西省西安市（むかしの長安）にもあとかたもなく、奈良にだけ残っているというのは、奇妙な気がする。

そういう殿堂的な寺と、はるかな後世、純粋に日本化された曼殊院門跡とは、建物の思想がまったくちがっている。

叡山の貴族化は、平安期にすでに極端なものになって、その意味でも、もはや学問、求道の場ではなくなっていた。

江戸期ではその点、多少ましになっているが、天台座主《ざす》だけは★141親王がなった。それらの親王たちが座主になる前、もしくは座主を退いたあとも住む寺が門跡寺院である。こういう事情から青蓮院や曼殊院においてとくに顕著なように、公家の★142別墅《べっしょ》的な住居の風

★140 始皇帝の在位中に完成せず、工事は秦《しん》二世皇帝に受け継がれたが、完成前に争乱によって中止され、その後焼かれた。

★141 しんのう＝天皇の兄弟および皇子・皇孫のこと。

★142 しもやしき。別荘。

であることは、当然といわねばならない。

このため、寺というよりも、

——江戸初期の公家の教養人というのは、こういうたたずまいのなかで住みたかったのか。

ということがわかるし、逆算していえば、この建物や庭園にふくまれている思想から、かれらの美意識や教養、人生観などを汲みとることができる。

江戸幕府は、天皇家に親王がたくさんうまれることをおそれた。それらが俗体のままでうろうろしていたりすると、南北朝のころのように「宮」を奉じて挙兵するという酔狂者が出ぬともかぎらず、このため原則として天皇家には世継だけをのこし、他は僧にし、法親王としてその身分を保全したまま世間から隔離することにした。江戸期の宮門跡というものの幕府にとっての政治的性格はそういうものであったろう。

ついでながら、宮門跡は真言宗が仁和寺、大覚寺、浄土宗が知恩院、天台宗が円融院、青蓮院、妙法院、曼殊院、聖護院である（他に、★143五摂家の公卿の子が入る門跡寺院が各宗とりあわせて三軒、将軍家の者が入るのが三軒、公卿のうちでも★144清華《せいが》家が二軒ある）。

これが明治政府によって廃止され、宮門跡である法親王たちは還俗《げんぞく》させられてそれぞれ浮世の宮家を創設した。かれらが出て行った寺のほうはふつうの出身の僧が住職にな

★143 ごせっけ＝摂政《せっしょう》・関白に任ぜられる家柄。藤原北家《ほっけ》から分かれた近衛《このえ》、九条、二条、一条、鷹司《たかつかさ》の五家をいう。

★144 大臣・大将を兼ね、太政《だいじょう》大臣にのぼることができる家柄。転法輪《てんぽうりん》三条、今出川、大炊御門《おおいのみかど》、花山院、徳大寺、西園寺《さいおんじ》、久我《こが》の

るようになったが、明治十八年、内務省から門跡号を称することをゆるされた。

曼殊院の場合、明治後、伝統として天台宗の学問僧のなかからこの寺の門跡がえらばれるようになった。

私が、昭和二十四、五年ごろの暑いころにはじめて伺ったときの門跡である山口光円師は、谷崎潤一郎《たにざきじゅんいちろう》★145が『少将滋幹の母』★146の不浄観の場面を書くにあたって、その思想と修法を教えたひとであった。

曼殊院は、秘仏とされる有名な「黄不動《きふどう》」をはじめ、書画や什器、古文書の多いことで知られているが、この日はそういうものよりも、円山応挙《まるやまおうきょ》★147の幽霊の図を見せてくださった。

――若い者には、この程度のものがちょうどいいだろう。

というつもりだったのかもしれない。

酒を持参して行ったと思うが、座敷で門跡さんをかこんで飲むうち、薄暗い次の間に女の幽霊の軸が垂らされた。般若顔ながら両眼がいびつなほどに大きく描かれている。明るいところで見ると不自然なのが、薄暗い光のなかでは目が二つながら光ってみえて、じつに現実感があった。

「幽霊に足がないのは、応挙の発明だそうですな」

と、光円師がいわれ、それ以前の幽霊には足がある、とのことであったが、真偽につ

七家。

★145 一八八六年〜一九六五年没。明治後期〜昭和期の小説家。第二次「新思潮」を創刊、同誌に発表した『刺青《しせい》』や『麒麟《きりん》』などが小説家永井荷風に絶賛され、耽美《たんび》的作家として文壇に登場する。代表作に『細雪《ささめゆき》』など。

★146 しょうしょうしげもとのはは＝「毎日新聞」に連載された長編小説。左大臣の藤原時平に見初《みそ》められた若く美しい北の方。しかし彼女には年老いた夫の大納《だいな》言《ごん》国《くに》経《つね》と、幼い子の滋幹がおり、彼らが引き離されてしまう悲劇を中心に物語は展開する。

★147 一七三三年〜一七九五年没。江戸時代中期の絵師。西洋画の透視図法を習得し、さらに中国の写生画を研究して、それらを融合させた独自の作風を生み出した。

いてはその後もたしかめていない。

「やっぱり、こわいものですな」

たれかが正直にいったので、晃岳記者はそれでは座がしずむと思ったのか、立ちあがって新聞紙を筒状にまるめたものを尺八にして吹きはじめた。

どういう修練によるものか、尺八そっくりの音《ね》が出た。

次いでその筒をヴァイオリンのように左肩にあて、俺ハ河原ノ枯ススキを弾くしぐさをした。ちょっと信じられないほどのことだが、習いたての本物のヴァイオリンよりもずっとそれらしい音が新聞紙から流れ出てしまった。晃岳記者は叡山の小僧あがりなのかどうかは聞き洩らしたが、もしそうなら、この山には小僧文化というものがあって、平安のころから――その頃はヴァイオリンはなかったにせよ――奇芸が貯蔵されているのかもしれないとおもった。

数寄の系譜

桂離宮も曼殊院《まんしゅいん》も、江戸初期の公家《くげ》によってつくられた。

公家文化というのは室町期にふるわず、くだって豊臣期、桃山時代という芸術の昂揚時代に育成され、江戸初期に入ってこの二つの代表的な造営物に開花し、あとは極度に凋《しぼ》んだともいえる。

この二つの造営物と同時代のものとして、日光東照宮がある。桂離宮と曼殊院に美の基準を置けば、東照宮はこの上もない悪趣味のかたまりといえるし、逆に東照宮に美の基準を置けば、桂離宮や曼殊院は乞食の親方の屋敷にみえるのではないか。

べつの言い方をすれば、桂離宮と曼殊院は、桃山の美意識の成熟と終焉《しゅうえん》を示し、一方、東照宮から江戸期の工匠の理想と嗜好が出発する。一九三三年に日本にきたドイツの建築家ブルーノ・タウト★148は桂離宮に感動して世界最高の建築の一つであるとし、日光東照宮については単に「珍奇な骨董品」として酷評した。しかしどちらが世界のごくあたり

★148 一八八〇年〜一九三八年没。ドイツの建築家。ナチス政権の迫害から逃れるために来日し、日本の伝統的な建築に触れる。『日本美の再発見』など多くの著書を残し、日本建築を世界に紹介した。

まえの――もしくは権力感覚の――嗜好に適《あ》うかとなるとむずかしそうで、たとえば北京の紫禁城やヴェルサイユ宮殿の造り手からみれば、ためらいなく東照宮を美とし、桂離宮には首をかしげるのではないか。ともかくも両時代に両極をなす建造物が併立したということをおもしろがるほうが、楽しそうにおもえる。

美学思想という点からも時代的にも、桂離宮と曼殊院はセットをなしていると考えていい。

桂離宮をつくったのは、親王智仁《としひと》である。八条宮《はちじょうのみや》とよばれた。かれは、幼少のころから豊臣秀吉の庇護をうけ、桃山の気分のなかで成人した。このことは豊臣氏の崩壊にさいしてやや悲劇的なものであったかと思える。

その兄の[★149]後《ご》陽成《ようぜい》天皇もまた秀吉との縁がほとんど精神的なものにまでなっていたようでもあった。

後陽成の即位は天正十四（一五八六）年で、この人の数え十六歳のときである。このとし、秀吉の天下経略は八合目に達していた。九州遠征はまだ翌年にひかえているとはいえ、強敵であった東海の[★150]家康については正月に服従を得、秀吉自身の個人的装飾の上からいうと、豊臣の姓を得た。

姓を得て天下の統治者としての歴史的形式をととのえるというかたちが、流浪の乞食

後陽成天皇画像

★149 一五七一年～一六一七年没。第百七代天皇。和漢の学を好んだ。

★150 徳川《とくがわ》家康《いえやす》。一五四二年～一六一六年没。関ケ原の戦いで勝利し、江戸幕府初代将軍となる。

の境涯から身をおこした秀吉にとっていかにも重要なことであった。

姓とはいうまでもなく源平藤橘《げんぺいとうきつ》のことだが、まことに古代的なもので、戦国の世に、現実に野《や》にそういう血統が存在しているとは言いがたかった。

私称はともかく、公称をしようと思えば、その四姓の家元である京都の公家《くげ》にたのまざるをえなかった。歴史的形式というのは、ふしぎなものといわざるをえない。

織田信長の織田家の場合、★151越前の神主が★152尾張《おわり》に流れてきた者の末流で、もともと藤原氏を私称していた。しかし東海で勢力を得るとともに、京にたのんで平氏を公称させてもらった。具体的にいえば金で買うのである。そのとき信長の同盟者である★153三河の徳川家康は同じく京にたのんで源氏の姓を買っている。徳川の家の先祖は徳阿弥《とくあみ》という流浪の乞食僧で、姓が何であったかはさだかではない。


秀吉は、かれが織田氏の配下であったころ、★154明智光秀《あけちみつひで》とともに京都の公家工作を担当していたから、同役の光秀のような古典的教養がなかったとはいえ、公家社会の慣例や機微に通じていたし、うちうちの相談ができる懇意の公家もいた。

公家は先例主義であるために幕府をひらくなら源氏である。源頼朝以前の先例としては、平清盛が武家から成りあがって関白・太政大臣になり、世を支配した。

秀吉ははじめ源氏を称すべく流浪の足利将軍の養子になろうとし、ことわられた。足

★151 えちぜん＝現在の福井県中北部。
★152 現在の愛知県西部。
★153 みかわ＝現在の愛知県東部。
★154 一五二八年頃～一五八二年没。織田信長に重用されたが、京都・本能寺で信長を襲い自害させた。

利幕府につづいて羽柴幕府をつくろうとしたのかもしれない。結局、信長の平氏を称した。が、一転して、天正十三（一五八五）年、藤原氏になり、内大臣になった。次いで翌年、いっそ四姓のほかに新姓を創始することにし、豊臣氏を称し、太政大臣になった。その支配形態は武家でなく、公家の総帥になることによって天下を支配しようとしたのである。

（が、それでも心許ない）

という思いが、秀吉という、史上稀有の成りあがり者には、つきまとっていたであろう。かれの配下にあるのは主として旧織田家の武将で、ほんの最近までは同僚として俺・お前の仲でつきあってきた。かれらの推服★155を受けるにはよほどの奇術を用いねばならなかった。

（天皇を利用することだ）

と、秀吉が思ったのは、価値論ぬきでいえば、独創的というほかない。

この国における事実上の王であったのは、足利将軍家である。何世紀にもわたって、中央地方の武士たちからみれば将軍家こそ権威の最高なるものであり、戦国期の諸大名は、★156武田信玄も★157上杉謙信も★158今川義元もまた織田信長の前半においても、京にのぼって将軍を擁し、その執権になり、将軍の権威を藉《か》りて天下に号令しようというのが見果てぬ夢であった。

★155 すいふく＝人を敬って、心から従うこと。

★156 たけだ・しんげん＝一五二一年〜一五七三年没。父の信虎《のぶとら》を追放して甲《か》斐国《いのくに》の国主となり、信《しな》濃国《ののくに》や駿《する》河国《がのくに》を制圧する。上杉謙信と五度にわたって川中島の戦いを繰り広げた。

★157 うえすぎ・けんしん＝一五三〇年〜一五七八年没。謙信は法号。越後春《かす》日《が》山《やま》城にあって北陸地方一帯を領有。小田原北条氏、甲斐武田氏と対抗した。

★158 いまがわ・よしもと＝一五一九年〜一五六〇年没。駿河・遠《とお》江《とうみ》・三河を治め、京都進出を謀ったが、桶《おけ》狭《はざ》間《ま》の戦いで織田信長の奇襲を受け、敗死した。

信長の場合、その後半において足利将軍を追放したため藉《か》りる笠がなくなった。このためかれは、すでに眠りこけていた古い権威である天皇というものをひとびとの記憶の[★159]葎《むぐら》の中からゆりおこし、それを擁すべく諸工作をしてなかばに斃れた。

秀吉がやったのは、信長の独創を継承したにすぎないといえるが、ただ大いに宣伝せねばならなかった。武将たちは、遠い律令時代の古典的権威などよく知らなかったし、たとえその存在を知っていても、どのようにえらいのかは、感覚としてわからなかった。

秀吉が京都市中に造営した[★160]聚楽第《じゅらくだい》に、天正十六（一五八八）年初夏、後陽成を招き、徳川家康以下の諸大名を相伴《しょうばん》させて五日の宴を張ったのは、いちずに天皇の古権威を秀吉自身の世のために再生させ、宣伝するためにおこなわれたものであった。

聚楽第が桃山風の建築美を展開させる最初のものになったことは、いうまでもない。その建築思想は武家風をできるだけ包み、室町以来、京都で発達した数寄《すき》（好き。風流を主とした芸術意識）を尊び、建物はできるだけ繁雑な——たとえばのちの東照宮ふうな——感覚をすて、明快で[★161]瀟洒であることを心掛けたもので、そのことは、聚楽第遺構とされる西本願寺・飛雲閣の外観と内部を見ても十分に想像できる。

後陽成はときに数え十八歳で、文学趣味に富み、しかも数寄という時代の芸術的嗜好への感受性もゆたかであったが、退位して上皇になってからならともかく、天皇には数

★159 荒れ地や野原に繁る雑草。

★160 天正十五（一五八七）年に完成。のちに豊臣秀吉の養子の秀次《ひでつぐ》に譲られたが、文禄《ぶんろく》四（一五九五）年の秀次の自害により、破壊された。

★161 しょうしゃ＝すっきりとしてあかぬけしたさま。

寄の暮らしはゆるされないために、その面での欲求が鬱していたかもしれない。第一、京都御所の建物や環境には数寄の思想はすこしも入っていなかった。

後陽成にとって聚楽第にあそんだことはよほどのよろこびだったらしく、はじめ三日間の予定だったのが、遊楽中、主催者の秀吉側に希望し、もう二日延ばしてもらった。

後陽成にとってただ聚楽第にいるだけでも楽しかったはずだが、ほかに酒宴があり、舞楽見物があり、和歌の会があった。生涯わすれがたい記憶になったはずである。

秀吉は、日本史上の人物にはめずらしく、自分についての記録者をかかえていた男であった。当時、有数の教養人とされた神官あがりの★162播州《ばんしゅう》人★163大村由己《おおむらゆうこ》（?〜一五九六）で、かれに『聚楽行幸記』一巻を書かせ、その一部を御所に献上した。後陽成はおそらくそれを読み、くりかえしこのときの記憶をあらたにしたにちがいない。

秀吉はこの聚楽第行幸を機会に、徳川家康以下の諸大名に対し、後陽成に対する忠誠を誓わせた。むろん魂胆は秀吉一己に対する忠誠誓約であったことは、居ならぶ諸大名のたれもがわかっていたろう。

（見えすいたことをするものよ）

と、家康などは思ったにちがいない。

事実、家康とその継承者の世になってからは、かれは京都のこの律令時代の古権威を

★162 播磨国《はりまのくに》。現在の兵庫県南西部。

★163 安土桃山時代の儒僧。古典や漢詩、和歌などに優れ、御伽衆《おとぎしゅう》として豊臣秀吉に仕えた。秀吉の事績を記した『天正記《てんしょうき》』の作者。

世の裏側に押しこめるために痛烈な法的方法をとった。外界との接触を禁じ、厳重に制度上の門《かんぬき》をかけて封じこめた上、禁中および公家に対する諸法度《はっと》を定めて内部の規律まできめた。

「公家衆御条目」は大坂冬ノ陣★164の前年の慶長十八（一六一三）年に出されたもので、家康は在世中である。たとえば、

「公家はうろうろ町を歩くな」

と、市中外出の自由を禁じた一項がある。かれらぜんたいを政治的虞犯性《ぐはんせい》★165のある一種の罪人としてその家にとじこめたわけで、これによって徳川期を通じ、公家たちは閉門者になった。一個の階級に対してこれほど深刻な閉塞を課した例は、他の国の歴史にすくないのではないか。

しかも、公家への刑罰権は武家にあるとした。刑罰権をもつのがその国の支配者である以上、この一事をみても、王権は徳川幕府にあり、将軍は日本国王であったことがわかる。おなじ幕府でも鎌倉・室町幕府とは質を異にし、徳川王朝というほうが本質にちかかったのではないかと思える。

この点、秀吉がもし公家にならず、源氏を称して幕府をひらいていても、似たようなことになったのではないかと思えるが、しかし当時の公家たちにすれば、かつての秀吉の世こそ慕わしく懐しいものだったのではないか。

★164 慶長十九（一六一四）年冬、徳川家康が京都方広寺の鐘銘を口実に豊臣氏を攻めた戦い。決着がつかず、一旦和議が結ばれた。

★165 罪を犯したり、刑罰法令に触れる行為をしたりする恐れがあること。

後陽成が最後まで豊臣びいきであったことが、わずかな史料の行間ににおうのをかぐことができる。

——秀吉とべたべたしすぎた。

ということが家康にとって、政治的に不愉快であった。彼は世間の中の豊臣色をすべて抹殺する政策の一環として、後陽成を退位させた。家康が豊臣秀頼★166を攻殺すべく大坂ノ陣をおこす三年前のことで、慶長十六（一六一一）年である。後陽成はまだ四十一歳であり、退位はしたくなかった。それに、幕府が天皇に与えているのは一万石で、上皇は二千石にすぎず、多くの妃嬪《ひひん》を持っていた後陽成としてはこれではやってゆけない、という不満もあったらしい。

後陽成の第六番目の同母弟にあたるのが、桂離宮を造営した八条宮智仁である。かれは天正十六（一五八八）年の聚楽第行幸のとき、十歳の少年ながら、ただ一人親王として参加している。当時、六ノ宮とよばれていた。

この時期、かれは子のない秀吉に乞われて猶子《ゆうし》（養子に準ずる）になっていた。そういう資格で、数ある親王のなかからとくに参加したのかもしれない。猶子になったのは天正十三（一五八五）年、智仁が数え七歳のとき、秀吉が関白になり、豊臣姓をうけたときであったろうとおもわれる。このとき、秀吉には子がなかった。

★166 とよとみ・ひでより＝一五九三年〜一六一五年没。母は淀殿《よどどの》。関ケ原の戦いののち六十余万石の大名に転落。徳川秀忠《ひでただ》の娘千《せん》姫《ひめ》と結婚したが、大坂ノ陣で徳川氏に敗れ、大坂城で自刃した。

——あとは、皇胤[★167]にゆずるのか。
ということで、このことは公家筋の秀吉に対する人気をよくしていたにちがいない。秀吉は下郎から公卿の極官である関白になった。公家衆は自分たちの縄張りを荒らされたようで不快だったろうが、死後は皇胤にゆずるなら血統主義の公家文化が汚されずに済む。そういう思惑で、「公卿秀吉」という異物感からくる宮廷一般の不快感も鎮静されたにちがいない。

秀吉は智仁につくすところが多かった。

天正十七（一五八九）年、秀吉に鶴松という子（早逝）がうまれたため智仁は猶子ではなくなったが、秀吉はこの少年に邸宅や封地をあたえたりして遇するところがいよいよあつかった。

智仁は、秀吉がすきであったろう。

さらには、数寄という遊びの面で秀吉にさまざまにひきまわされて、その影響をつよくうけたにちがいない。

智仁は成人してこの時代に卓越した文学趣味と芸術的嗜好者になった。このことは、[★168]細川幽斎《ほそかわゆうさい》から[★169]「古今伝授《こきんでんじゅ》」をうけたことでも想像がつく。

徳川の世になっても、幕府は智仁の徳望をはばかり、むしろ、幕府と後陽成との対立を、この宮のとりなしによって緩和させようとしたほどであった。あるいは幕府は宮が

★167 こういん＝天皇の血統。また、その血統の人。

★168 細川藤孝《ふじたか》。一五三四年〜一六一〇年没。安土桃山時代の武将。はじめ足利家に仕え、のち織田信長らのもとで活躍する。

★169 『古今和歌集』の解釈などを、切り紙に書いたり口伝《くでん》を用いたりして、師から弟子へと伝えること。

かつて秀吉の猶子であったことをたねに、

「宮は、好ましくない過去をお持ちです。大公儀としては宮の御身分をどうにでも変えることができます。でございますから、ここで一番、関東への馳走をお考えになるほうがお得でございましょう」

と、どすをきかせておどしたかもしれない。兄の後陽成の退位についても、幕府の内意をうけて説得に動いたらしい形跡がないでもない。

曼殊院に残っている親王智仁の肖像をみると、下ぶくれの整った顔で、眉おだやかに唇《くち》もとはつつましい。争いを好みそうな顔とは思えないから、幕府にいわれるまま、ほどほどに調停の労はとったであろう。

この人は、瓜畑を見るのがすきであった。

「瓜見の宮」

とまであだなされた。

京の南郊の桂村《かつらむら》は、のちに大根の産地になるが、この時代は京へ瓜を供給する大きな産地であった。何度も瓜見に桂へ行ったといわれるが、ついにここに別墅《べつしょ》をつくった。

おそらく秀吉の恩徳による大きな土地財産をそういう形で使わねば幕府がうるさいということも、桂離宮造営の大きな理由のひとつであったろう。

この智仁の子で、僧門に入って良尚《りょうしょう》法親王（一六二二〜九三）とよばれたひとが、曼殊院を建て、庭園をつくった人物である。

良尚の肖像画も、曼殊院にのこっている。

父智仁とはまったく異る骨柄《こつがら》で、脂肪のそげ落ちた顔に、猛禽のようにするどく光る目をもっている。父に似て文芸に秀で、父以上に多能多才のひとで、絵まで素人の域を脱していた。曼殊院にその書画がおびただしく保存されているが、おそらく江戸初期における代表的教養人であったろうと思われる。

六歳で天台の門に入り、十一歳のときに★170後水尾《ごみずのお》上皇の猶子になり、のち天台座主《ざす》になった。

この間、明暦《めいれき》二（一六五六）年、一乗寺竹内の地に五千坪を劃し、いまの曼殊院を建てた。かれは父智仁の晩年の子だったから、多くの接触はなかった。しかしかれは父がつくり、その死後は兄の親王智忠《としただ》が完成した桂離宮の造営について、現場も見、ひとびとから話もきき、完成後は何度も遊びにゆき、藍《あい》に染まるほどにその嗜好の影響をうけたであろう。

法親王良尚も、父のあとをついで関東との調整にずいぶん力をつくした。幕府もそれに酬いるため、曼殊院については、かれに好意的に命令して建てさせたといわれる。

秀吉によって、風船をふくらますようにふくらんだ京都の公家の勢威は、家康、秀忠、家光の三代の苦心でようやく空気がぬけ、凋んだ。その見返りとして桂離宮や曼殊院、

曼殊院にある良尚の肖像画

★170 一五九六年～一六八〇年没。第百八代天皇。幕府の干渉や圧迫に対して不満を感じ、第二皇女の明正《めいしょう》天皇に譲位して、四代五十一年にわたり院政を行う。和歌や茶道といった学問や芸術に長じていたほか、仏道にも傾倒していた。

あるいは修学院離宮が建つのだが、このあと、幕府はいっさいのサーヴィスを公家にしなくなった。

ともあれ、政治的曲折はあるとはいえ、美的には聚楽第にはじまったものが曼殊院で終了するということがいえそうである。

水景の庭

曼殊院《まんしゅいん》は、その門へ接近してゆく道からして、能でいう★171橋掛《はしがかり》のような感じがする。もっともいまは付近に人家が多い。また麓《ふもと》のずっと下では大がかりな国道も通っており、国道ぞいに商店がならび、裏通りには、いくつかのマンションもあって、京都の市街地がここまでのびてきていることを思わせる。

橋掛としての坂をのぼってゆくには、それらを心理的に消去してかからねばならない。それらの市街地化を、私はべつに悲しんではいない。たとえばマンションの一つには私の古い友人が住んでいて、十六、七年前、かれが日本にきたころはまだ白桃のような

★171 能舞台の一部で、鏡の間と呼ばれる出番待ちの部屋と舞台とをつなぐ通路。

頬と少年の茶目っぽさを残した青年だった。かれが五、六年前、このあたりに移ってきてマンションを借りたころ、行ってみると、置炬燵のある部屋の窓のむこうに、叡山のふもとからつらなる赤松の林がみえた。

「洛外の情趣があります」

と、かれはよろこんだり、そば屋さんに電話でザルソバ一枚を注文して部屋の番号を告げると、アア、ガイジンサンノオ部屋ドスカ、といわれて怒ったりした。

いまひとりの友人は、そのマンションから、二〇〇メートルほどくだったところの似たような片仮名屋号の建造物に住んでいる。この人は女性ながら引越趣味の旺盛なひとで、戦後だけで二十度ぐらいは居を移し、ついに東京から京都に転じ、京都市中でも転々として、ごく最近、このあたりに移ってきた。

曼殊院へのぼってゆく途中、寄ってみると、部屋は北側にあり、窓の一つも北側にひらいている。

「齢をとると、太陽キンキラというのがつらくて」

だから北側の部屋にきめた、という。

このひとの住居はそれまで一貫して市井のごみごみしたところにあり、そういうところが好きというよりも、市井の真只中に住みこむということに形而上的ななにかを自分に課してきたという気分が彼女にあって、私はそういう自律的な緊張のようなものが好

きだったのだが、ところが五十を過ぎるころ、急に、

――松の木が見えるような処に移りたくなったの。

というようになり、ついにここに住んだ。

北窓からのぞくと、目の前に叡山の切れっぱしが横たわっている。

「ね、叡山が見えるでしょ」

と、彼女がうしろからうれしそうに言ったのには、ひそかに驚き、多少は★172慶賀を感じたりした。

前記の青年の場合、ケンブリッジ大学の日本語学科に入ったとき、語学教育の最初の教科書が、★173鴨長明《かものちょうめい》の★174『方丈記』であったために、かれのイメージに最初に定着した日本の風景は、この叡山山麓のようなものであったろう。

どちらも曼殊院の坂の下の二軒のマンションにそれぞれ住んでいることは、おのおのの意味でめでたいといわねばならない。

坂をのぼりきると、土塁が築かれている。塁上の楓《かえで》の葉が、紅葉を待ちつつ青さに耐えている。その土塁を割って十三、四段の石段があり、それを登りきったところに、軽快な正門がある。

ただし、この門は儀式のとき以外はひらかれない。

★172 けいが＝よろこび祝うこと。うれしく思うこと。

★173 一一五五年頃〜一二一六年没。鎌倉時代初期の歌人、随筆家。五十歳頃出家した。代表作に『無名抄《むみょうしょう》』『発心集《ほっしんしゅう》』など。

★174 五つの災厄を体験した話から、世俗を捨てた生活の楽しさ、さらに仏徒としての自己を顧みて綴《つづ》られる随筆。

通用門を見つけるためには、土塁に沿う門前の道を北へゆき、土塁の角を山にむかって折れねばならない。

正門も通用門も威圧感からほど遠く、いずれも簡素なのがいい。

通用門をくぐると、大きな瓦ぶきの棟をあげた庫裡《くり》になっている。

庫裡は言うまでもなく寺の台所のことだが、寺院が僧の修行の場所として活動していたところは寺域のなかで大切な施設だったらしく、京の大寺の庫裡はどこも堂々としている。東山七条の★175智積院《ちしゃくいん》の庫裡などはたしか旧国宝の指定をうけていたはずである。曼殊院の庫裡もりっぱで、往年、ここで多くのひとびとが働き、薪水炊米の労働に従っていた姿を十分想像することができる。

見あげると、額があり、みごとな文字が二個刻まれている。

「媚竈《びそう》」

と、ある。

カマドに媚びよ。

曼殊院をこの一乗寺村に建てた法親王良尚《りょうしょう》の書で、なるほど清雅なようでもあり、見様によっては芸術意識がつよすぎるようでもある。江戸初期の良尚は関東の幕府に対する公家《くげ》の代弁者のひとりであったが、それだけに幕府のおぼえがわるくなく、ときに利用されもしたはずであった。前時代の秀吉政権によって公家としての自意識が膨脹し

★175 真言宗智山《ちさん》派の総本山。もとは紀州（和歌山県）根来山《ねごろやま》大伝法院の一院だったが、豊臣秀吉の焼き討ちにあった後、徳川家康が現在地に再興した。

「媚竈」の額

たまま、公家に対して手荒く辛《から》く尊敬もしなかった徳川の世を迎えただけに、良尚は調停者の立場に立ちつつも、腹立たしく思うことが多かったであろう。

その怒りを、芸術的な生活でまぎらわせつつも、なお[★176]佶屈《きつくつ》とした思いがつねにわだかまっていたに相違ない。痩せた猛禽類のようなその肖像画の顔がそういう[★177]鬱懐を想像させるが、台所に「媚竈」という文字をかかげたところを見ても、良尚という人物のただならぬ[★178]晦渋さを思わせる。

あとで、門跡の山口円道《えんどう》氏から意味をきくと、

――カマドに媚びよ、ということですから、カマドで働く人を大切にせよ、ということです。

ということであり、そのぶんにおいては良尚の働くひとびとに対するいたわりと優しさをあらわしたものである。しかしそれだけなら、他にもっと端的な言葉をえらべるはずだが、わざわざ媚というわるい文字をつかったのはどういうことだろう。

漢字の媚は、あまりいい意味をもっていない。

そのうえ「媚竈」の語義はまことによくない。諸橋轍次《もろはしてつじ》氏の『大漢和辞典』でも、

「権臣に諂《へつら》ふ喩《たとへ》」

とある。

権臣というのは多くは素姓は卑しい。カマドも卑しい。しかし卑しいけれどもカマド

★176 詰まり、かがまっていること。かたくるしいさま。

★177 うっかい＝心がむすぼれ、ふさいだ思い。晴れ晴れしない思い。

★178 かいじゅう＝言語・文章などがむずかしくて意味のわかりにくいこと。

は「時に当つて事を用ひるから権臣に喩へる」と諸橋氏の辞書にはある。「台所で働く人たちを大切にしましょう」という善行おじさんの標語ふうの語義はこの熟語にはなく、良尚がひとひねりもふたひねりもして、独自にそういう意味に使ったのである。

本来の意味なら、関東に媚びざるをえぬ良尚その人が、自虐的に自分を言いあらわしている、とうけとったほうが素直である。

これはあくまでも空想だが、良尚がある日、この文字を書き、書きあげてから、

（これは関東へ差しさわりがあるかもしれぬ）

と思いなおし、

「これを台所へでも掛けておけ」

と命じたのかもしれない。台所に無縁のことばではないから、ひとに意味をきかれてもごまかすことができるだろう。

当時、幕府には創業早々で、文字にあかるい者がすくない。

ただ、石川丈山《いしかわじょうざん》（一五八三〜一六七二）がある。しかもこの一乗寺村に住んでいる。

詩仙堂と名づける風雅な一庵を設け、庭なども修学院村の田園を借景★179し、邸内の小建築にいちいち漢名をつけ、たとえば老梅関《ろうばいかん》、至楽巣《しらくそう》、嘯月楼《しょうげつろう》、小有洞《しょうゆうどう》、洗蒙瀑《せんもうばく》、流葉洦《りゅうようはく》、百花塢《ひゃっかのう》などというようにしつらえて、隠逸を楽しんでいる。

丈山は間諜★180であったとされる。

石川丈山

★179 しゃっけい＝庭園外の遠山や樹木などの風景をその庭のものであるかのように利用してあること。また、そのような造園法。

★180 かんちょう＝ひそかに敵側の情勢をさぐって味方に通報する者。スパイ。

ある時期、そういう役割を果たしていたかもしれない。

かれはこの詩仙堂時代、すでに浪人身分であったが、本来、三河武士で、しかもかれの家は譜代の松平（徳川）家の臣であった。祖父は★181長篠ノ戦で戦死し、父も武勇の名が高く、丈山（通称・嘉右衛門）自身も武名があった。

幼少から学問がすきで清見寺の僧について学び、十六歳で家康に近侍したが、宿直《とのい》のときも書見していたという。★182木強《ぼっきょう》で文事には弱い三河武士のなかでは珍奇なほどの例外であったといっていい。

大坂ノ陣のときは、三十を過ぎていた。家康の床几《しょうぎ》廻りに詰めていたが、本営の部署は戦闘に参加する機会がすくないため、功にはやる者にはおもしろみがないとされる。

丈山は規則を犯し、本営を抜け出て戦場に分け入り、敵の首を二つとった。が、あとで軍法違反を問われ、追放される。

その後、京都に住み、★183藤原惺窩《ふじわらせいか》の門に遊び、洛中の詩文の名家とつきあった。同時に、かつて同僚だった京都所司代★184板倉勝重《いたくらかつしげ》と往来していたから、勝重が、丈山に、公家の内情や諸人物の表裏について質問するとき、たとえ雑談のかたちでも丈山の応答があったはずで、丈山にその意識が薄かったとしても重要な情報源だったにちがいない。

丈山は、★185芸州《げいしゅう》★186浅野《あさの》家に乞われ、千石で仕官し、十三年間、広島にいた。

「母を養うため」

★181 天正三（一五七五）年に三河国《みかわのくに》（愛知県）長篠《ながしの》城の西方の設楽《したらが》原《はら》で行われた、武田勝頼《かつより》と織田信長・徳川家康連合軍の戦い。銃を効果的に使った連合軍が圧勝した。

★182 心が木石のように一徹なこと。かざりけなく剛直なこと。

★183 一五六一年～一六一九年没。安土桃山～江戸時代前期の儒学者。はじめ僧となったが、還俗《げんぞく》して朱子学を究める。徳川家康に進講し、重用された。

★184 一五四五年～一六二四年没。安土桃山～江戸時代前期の旗本、大名。徳川家康に仕え、信任され駿府《すんぷ》と江戸の町奉行を務めたのち、京都所司代となった。

★185 安芸国《あきのくに》。現在の広島県西部。

というのが友人たちに語っていた理由で、事実、母を失うと、浅野家がひきとめるのもきかず、ついに脱藩のかたちで京都にもどってきた。

詩仙堂を造ってこの一乗寺村に住むのは、寛永十三（一六三六）年で、曼殊院がこの村にできるより二十年早い。

曼殊院ができたときは、丈山は七十を幾つか越している。かれは妻妾を設けず、九十まで長命した。それほど壮健な人物だったから、曼殊院建立当時は、なお英気もあったろうし、詩仙堂にあつまる文人のサロンも活発だったであろう。曼殊院のサロンを構成するひとびとと顔ぶれが多分共通していて、双方のゆききもさかんであったにちがいない。

「媚竈」

という、とりようによってはまことに怪しい額も、丈山が見る機会がしばしばであったろう。良尚としてはこれを他の場所に掛けず、台所にかけたのは一つの趣向であったとしても、言葉のもつ臭気が強すぎ、可燃性のつよいふんいきをかもしていたかと思える。しかし齢からみても、さらには境地からいって、すでに本物の隠遁者になっていた丈山がこれを幕府の要路の者に言うなどということはしなかったにちがいない。

「これは、なかなかきわどい」

と、大笑いしたような情景が、小説的にいえばあったかもしれない。あるいは良尚は

詩仙堂

自分の軽い「自虐趣味」を、丈山への遊びとしてのあてつけでこのように書いたのではないかと、小説風にいえば、思えてきたりする。

ともかくも、この当時、おなじ一乗寺村という農村に、独特の隠遁のスタイルをもった二人の代表的教養人が住んでいたというだけでも、ふしぎな感じがする。

もっとも良尚は生活のスタイルが隠者めいているだけで、正保《しょうほう》三（一六四六）年以来、現役の天台座主《ざす》であった。

曼殊院に住みつつも一山を統轄し、しかもしばしば江戸へくだっている。

曼殊院に住んで以後、天台座主を辞職するまでの四十一年間のあいだに、四度も江戸へくだっているのである。そのうち二度、東照宮の神忌のために日光へ行っている。

そういうことが、公家としても天台座主としても、当時の政治から要求されていたとはいえ、まことに媚竈というほかない。

曼殊院の建物は、戦後ほどなくここを訪れたころからみれば、よほど古びがめだっている。

踏むにもきわどくなっている縁側もあり、また外に面した紙障子の腰板が、脂気をうしない、木目《もくめ》がしらじらと浮き出て、海浜にすてられた烏賊《いか》の甲《こう》のように朽ちがめだっている。

★186 家祖の浅野長勝とその婿養子の長吉《ながよし》（長政）はともに織田信長に仕えた。長政は豊臣秀吉と相婿の間柄であったことから重んじられ、天正十一（一五八三）年に近江《おうみ》二万石余を与えられて大名となった。その後、長政の子の幸長《よしなが》が徳川家康より紀伊国和歌山城主として三十七万石余を与えられ、その弟の長晟《ながあきら》の時に安芸・備後《びんご》四十二万石に加増された。

そのころは、いわゆる観光寺院ではなかった。訪ねるひともまれで、当時の門跡だった山口光円《こうえん》氏が、

「先週、東京から大学生がひとりで訪ねてきまして、茶室の★187八窓軒《はっそうけん》に一日無言ですわっていました」

と、めずらしそうに言われた。私は、見学する人がすくないということよりも、一つの茶室に一日すわっていたというその学生の感受性のほうに驚歎した。物を見るというのは感受性であるに相違なく、終日、茶室にすわっていてもすこしも退屈しないものを持っているそのひとに羨望を感じた記憶がある。

いまは受付ができていて、一定の料金を支払うようになっている。

庫裡から幾つもの間を経て御座の間にゆき、小書院を見、大書院に入って、縁側を出ると、庭園がひらけてきた。

庭は★188枯山水で、★189遠州《えんしゆう》好みとされる。

われわれは、大書院の廊下に立っている。廊下には簡素この上ない欄干があり、頭上には軒のたるきが露出しているが、これも工匠が技巧をこらしたといえるようなものではない。

この造作は、縁に立つだけでそのまま屋形船に乗っている感じを、立つ者にあたえる。船は、水景のなかをかきわけてゆく。

★187 曼殊院の小書院に付属する茶室のひとつで、仏教の八相成道《はっそうじょうどう》（釈迦がその生涯で経た八つの重要な段階）にちなんだ八つの窓を持つことから、この名で呼ばれている。

★188 かれさんすい＝水を用いず、砂や石、地形のみで山水を表現する庭園形式。

★189 江戸時代初期の茶人、小堀《こぼり》遠州（一五七九年〜一六四七年没）が好んだとされる茶道具や茶室、庭園などの傾向。「綺麗《きれい》さび」と呼ばれ、ひっそりと物静かな中にも華やかさを持つ。

庭は、水景を表現している。

水を用いず、白い砂の海、青い叡山苔の島々、あるいは島に老いる松といった配置のなかに、やがて樹叢の暗い陸《おか》に入り、陸の表現として滝石《たきいし》が組まれている。水景のなかに入ってゆく屋形船というのは、ひょっとすると弥陀《みだ》の願船《がんせん》のようなものであるかもしれず、いずれは、島の一つである蓬莱《ほうらい》山にたどりつけるという欣求《ごんぐ》[★190]の気持が秘められているのかもしれない。

桂離宮がそうであるように、曼殊院もまた庭を楽しむために建てられた建物で、これらの建物を何百年もさきまで残したいという要求は、もともとなかったであろう。このため、檜《ひのき》材はほとんど使われていない。

檜は硬質で耐久性がつよいが、御殿御殿した重苦しさがつきまとう。この点、杉はやわらかく、風化しやすいが、現世を仮りの住まいとして考える——それも宗教的というより美的感覚として感ずる——立場からいえば、なんともいえぬ軽みがある。

杉は室町期からあらわれる数寄屋普請の主役で、それ以前には建築材料としてはあまりつかわれていない。杉材がもつ軽みと無常のうつくしさのよくあらわれているのが、桂離宮と曼殊院ではないか。

★190 よろこんで仏の道を求めること。

曼殊院の枯山水の庭

ギヤマンの茶碗

曼殊院《まんしゆいん》の通用門をくぐるとき、

「山口円道《やまぐちえんどう》」

という表札がかかっているのをみた。

まぎれもなく門跡さんの表札である。しかし東大寺や知恩院、あるいは叡山の山上の根本中堂に管長さんの表札がかかっていないところからみて、なるほど門跡寺院の本質というのは宗教的な威容を見せるための建造物や行事をおこなう公的な場などではなく、門跡の私的な空間なのだということを、あらためておもった。

私は、亡くなられた先代の山口光円《こうえん》氏にかつて一面識を得ただけで、当代は存じあげない。

ちょうど大書院だったか「黄不動《きふどう》」の原寸大の写真がかかげられている間にいたとき、当代が声をかけてくださった。

おかげで、座敷にすわらせてもらった。ながめているうちに、三十年前、故光円氏に面識を得たのはこの間だったということをおもいだした。

代々この寺には天台教学の学者がすわるといわれているが、先代は私が持っていた先入主とはおよそかけはなれて、ひどくあかるい感じの人だった。

当代の山口円道氏も、印象があかるく、このことは曼殊院がもつふんいきによく適《あ》っておられる。

曼殊院には未調査の古文書のたぐいがおびただしく蔵されている。

そのなかには、法親王良尚《りようしよう》が細川幽斎《ほそかわゆうさい》からゆずられた「古今伝授《こきんでんじゆ》」もある。山口円道門跡はそれらのことを話しながら、

「私は幸い七十で若うございますが、しかし一般に老人の体力では出し入れが大変でございます」

といわれた。べつに気どってそう言っておられる気配《けはい》はなく、蔵から法親王良尚の筆になる画帳を出して来られた身動きなどは、老僧といった感じではない。

良尚の絵は気韻の生動を表現する文人画ではなく、花であれ、果物であれ、物そのものを写そうとする精神が見られる。この写実精神は後世の芸術論としてのそれではなく、江戸初期から知識人のあいだにひろまった本草《ほんぞう》学の影響かとおもわれる。いまでいえば

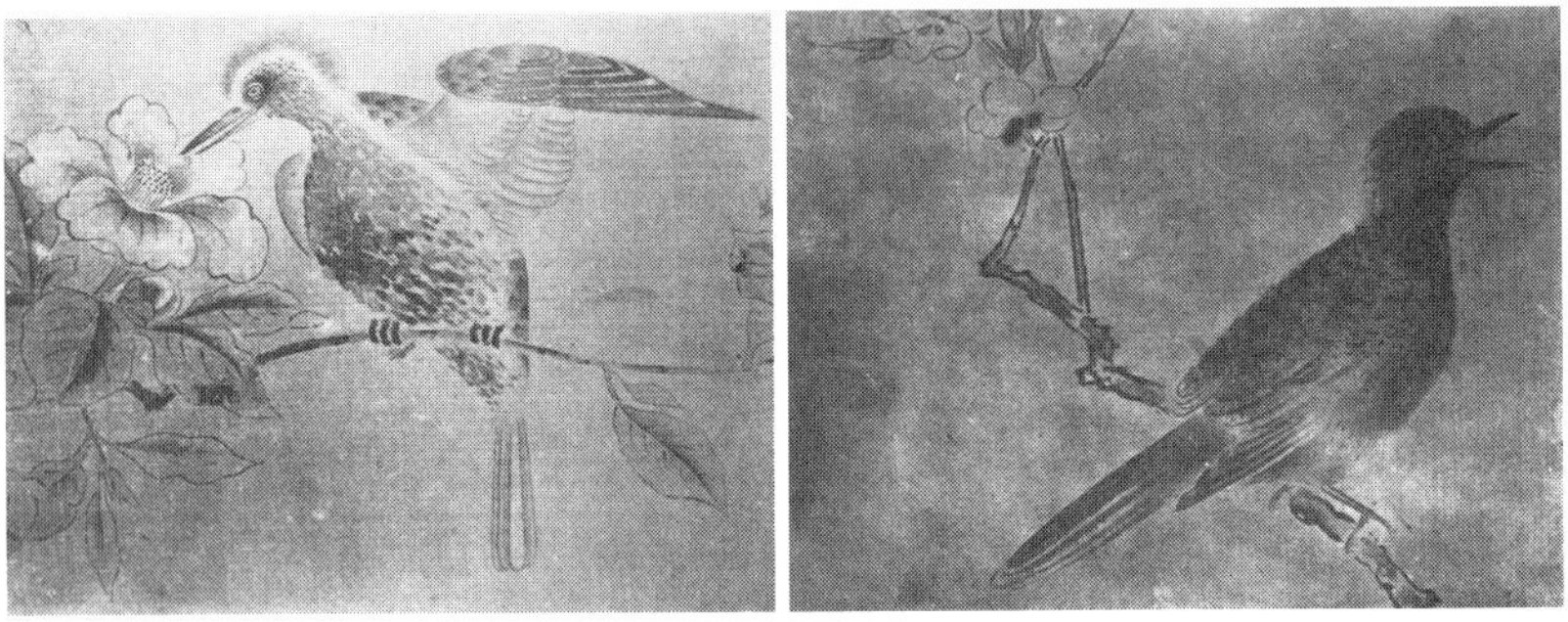

良尚の絵（左右とも）

植物図鑑の写真版のような目的のものを手描きで描こうというものである。

本草というのは、薬物になる植物や鉱物、あるいは虫魚などを指す。本草に凝るひとは、絵に描かれたものをたよりに山野を歩いて薬草をさがすのだが、さがすと自分でも写生し、彩色する。

本草学は、本来、医者の学問であった。


昔の人ハ皆自ら親しく山に入りて薬採りし也。その故、古医ハ大方ハ山中に居住せし也。陶隠居、孫思邈等の如し。末世の医、生来山に入らず。(『典籍概見』)

というが、江戸初期をすぎるころになると、医者以外の者が本草に関心をもち、江戸後期には薬物を離れ、博物学のような傾向になってきた。

物をありのままに見ようとする趣味の流行は、江戸期の他の諸現象とともに明治後の近代化の成立のための蓄電になったといっていい。本草を写生するという流行が、やがては日本人一般の性癖のようになったことは、幕末に幕府に招かれて長崎にきたオランダの医官ポンペ★191の回想録の中の情景にもある。ポンペが書生たちに講義しつつ、なにか「物」を見せると、みな懐から手帳を出して写生したという。ポンペにはそれが奇習に見えたほどに異様な印象であったらしいが、この情景は江戸期いっぱいの本草の趣味的

★191 ポンペ・ファン・メールデルフォールト。一八二九年〜一九〇八年没。長崎海軍伝習所の医学教師として来日。日本で最初の洋式病院である長崎養生所を設立し、治療を行うとともに伝習生への本格的な医学教育を行った。

流行を措《お》いては考えられないことである。

良尚の絵は、技術がたしかなわりには、人格のにおいがなく、無個性でもある。

このことは、当時の本草リアリズムを背景に考えたほうがよいかとおもえる。

私の曼殊院における三十年前の記憶のなかに、ガラス製の抹茶茶碗がある。

それを先代光円門跡に見せてもらったとき、夏でもあってじつに涼しげであった。肉があつく、なかにこまかい気泡でも入っているのか、葛《くず》まんじゅうの皮のように不透明だったことをおぼえている。

その後、ガラス工芸家の★192岩田《いわた》藤七《とうしち》氏の作品に多く接する機会をもったが、こんにちのモダンな作品をみるにつけても、曼殊院のガラス茶碗をしばしばおもいだすのである。

「ああ、あれ。……」

円道門跡は気軽に立って、やがて桐の箱を一つもってきてくださった。

「これでしょう」

と、私の膝の前に置かれた。まことに無造作な再会であった。

色彩はなく、彫刻もなく、形もさりげないが、両掌でつつむと、まことにこころよいふくらみがある。江戸期（?）のガラス製の茶碗など、この茶碗以外にないのではないか。

★192 一八九三年〜一九八〇年没。ガラス工芸を美術の一ジャンルとして確立した。芸術院会員。

「これでした」

と、私がよろこぶと、まるい顔の円道門跡がそれにあわせてうなずいてくださった。

いまひとつ、記憶がある。以前、故光円門跡がこの茶碗を見せてくださったとき、

「……こうしますと」

と、光円門跡がふちを爪で弾《はじ》かれた。おどろいたことに薄手の深い金属鉢のように金属音を発して鳴り、すぐ共鳴音のような音にかわって、ながながと鳴りつづけたのである。

茶碗はむろん楽器ではない。たたけば妙音を発するなどというのは、この茶碗にとって名誉なことでもないが、ともかくその音に感じ入ってしまって、この形や好もしい半透明感とともにあざやかにおぼえている。

「鳴らしていいでしょうか」

と、許しを得て、最初は小さく弾いてみた。遠い記憶のなかの響きがよみがえった。大きく弾いてみると、透みきった金属音がうまれて、ながく余韻をひびかせた。

「これは、金属なんですね」

と、物のたとえとして、なにげなく、故光円門跡にいったことをおぼえている。故光円門跡はうなずかれて、意外にも、

「★193鉛《なまり》ガラスですから」

★193 クリスタル・ガラス。光の屈折率が大きく、光沢があり、柔らかくて溶けやすい。

と、いわれた。ガラスの製法にはいろいろあるが、このガラスは鉛がたっぷり入っているという。そういえば大きさや厚さのわりにはガラス容器とは思えないほどに重かった。

このガラスの茶碗は、法親王良尚の所蔵になるといわれる。

良尚の生涯は、一六二二年から九三年までで、鉛ガラスの発明は、私の心もとない調べでは一六七五年、英国人ジョージ・レーヴェンズクロフトによるという。たしかに良尚の在世中にはちがいないが、その死にさきだつ十八年前であるにすぎない。そのわずか十八年のあいだにその技法が鎖国の日本にやってきてこの抹茶茶碗になったのだろうか。

とすれば、おどろくべきスピードといわねばならない。

ガラスは、古墳時代から日本に存在した。

奈良朝では瑠璃《るり》とか玻璃《はり》とかという玉《ぎょく》なみの呼称でよばれ、戦国末期にはビードロ（ポルトガル語）というふうに南蛮風でよばれ、江戸期はギヤマン（オランダ語の★194転訛）と、紅毛風でよばれた。

古墳出土品として知られているのは、福岡県★195筑紫郡春日町の★196甕棺から発見された璧《へき》（薄い環状の玉）のかけらがガラスであった。

★194 てんか＝語の本来の音がなまって変わること。また、その語。

★195 現在は福岡県春日《かすが》市。

★196 かめかん＝大型の土器や陶器を用いた埋葬用具。遺体をそのまま納めるものと、骨だけを納めるものの二種がある。

奈良朝のものとしては、白瑠璃碗《はくるりわん》や碧瑠璃杯《へきるりはい》などが正倉院御物[197]になっている。古墳時代をふくめ、舶来のものにちがいなかったが、奈良朝のころは官人の容儀が唐風であり、唐風である以上、佩剣《はいけん》[198]その他に玉《ぎょく》が多少は用いられねばならないから、国産ということもおこなわれていたであろう。

平安期に入ると、公家官人の装束が純和装になってしまうために、身分の上の装飾品としての玉が用いられることがなくなった。したがって前時代に多少の国産能力があったとしても、需要の消滅とともにほろんだはずである。と同時に、ガラスというものの感触的記憶も歴史から消えた（あるいは仏像の瓔珞《ようらく》[199]などのためのガラス玉づくりはほそぼそとつづいていたかもしれないが、技術についての記録や話はのこっていない）。

ガラスは古代オリエント文明のなかでできあがり、四方に伝播したが、中国にくるのはシルクロード経由である。古代朝鮮にも伝わった。そういうシルクロード経由のものが、正倉院御物の瑠璃器であろう。

それが、はるかにのち、十六世紀半ばになって、フランシスコ・ザビエル[200]が周防《すおう》[201]の大名大内義隆[202]に贈呈するガラス鏡や望遠鏡というかたちで、ふたたび日本歴史の上に登場した。

このザビエルがもたらした品々のガラスが、鉛ガラスでなかったことはたしかであろ

★197 しょうそういん＝奈良東大寺大仏殿の北西にある高床建築の宝物庫。

★198 剣をおびること。また、その剣。

★199 珠玉を連ねた首飾りや腕輪などの装身具。

★200 一五〇六年～一五五二年没。スペインの宣教師。日本に初めてキリスト教を伝える。イグナティウス＝デ＝ロヨラとともにイエズス会を創設した。

★201 現在の山口県東部。

★202 おおうち・よしたか＝一五〇七年～一五五一年没。戦国時代の武将。文芸を好み、明《みん》（中国）や朝鮮との交易、キリスト教の保護など文化の発展に貢献した。

う。

江戸初期にはオランダ人が、長崎出島にさまざまのガラス製品をもたらし、技法も伝えた。

ほどなく江戸や大坂でギヤマンが製造されるようになった。

老眼鏡もつくられたし、カットグラスともいうべき切子《きりこ》もつくられた。船頭たちのために望遠鏡《とおめがね》もつくられた。江戸期の望遠鏡は筒が★203一閑張《いっかんばり》だったために、金属製の西洋のものよりずっと軽く、伸縮の操作も軽快であった点、すぐれていたといえるかもしれない。

それらのガラスの主力が、鉛ガラスであったとはちょっと考えられない。鉛ガラスは質はやわらかいが、ぬめりとして光輝がつよく、非実用的な工芸品につかわれる。現在では透明度の高さを要求される光学器械につかわれるものだが、江戸期の老眼鏡や望遠鏡が鉛でできるクリスタル・グラスだったとはおもえない。

それにしても十七世紀の長崎出島のオランダ人が、欧州で誕生してほどもない鉛ガラスの技法をつたえたということは、おどろくべきことである。

この曼殊院ガラス茶碗は、形からみてあきらかに抹茶茶碗としてつくられたもので、他の文化圏のべつの用途のものが船載されてきてそれを茶人が強いて茶碗につかったも

★203 木製の原型を使って紙を張り重ね、原型を抜き取って表面に漆《うるし》を塗ったもの。

のとはおもえない。

しかもおもしろいことに、鉛ガラスにしては気泡の入った半透明のものなのである。わざわざ鉛でガラスをつくるのは、一般的には他の方法によるよりもはるかに水晶じみた輝度をもち、透明度が高いという特徴があるからであろう。であるのにこの茶碗が半透明になっているのは、作り手の茶人趣味によってわざとそのようにしたのか、それともまだ技術が未熟で透明にしぞこねたのか、どちらなのか、私にはそれを突きとめる能力はない。

ともかくも音だけは金属音を発し、★204音叉《おんさ》のようにいんいんとひびきつづける。

「なつかしかったです」

と、私は茶碗を円道門跡にもどした。それが円道門跡の両掌に包まれると、みごとに様《さま》になって格好な夏茶碗のようにおもわれた。同時に、

(この茶碗が半透明なのは、★205氷室《ひむろ》の氷を連想させることによって夏の涼しさをあらわそうとしたのかもしれない)

とおもったりした。

氷室は、京都の上賀茂のずっと北の山中にもあったし、地名としてものこっている。むろん、各地にすくなからずあった。

山かげの土を深く掘り、草のたぐいをぶあつく敷きつめ、池の厚氷を切りとってその

★204 音響を測定したり、楽器の調律に使用したりする道具。

★205 天然の冬の氷を夏まで貯蔵しておくための設備。

上に置いて夏まで保《も》たせるのである。この氷室の氷の印象はあるいは半透明だったのではないか。

もし夏茶碗としてのそういうおもしろさを出そうとしたものとすれば、鉛による水晶ガラスの方法をとりながらも輝度をすてたということがなかなか茶人めいてもいる。

もともと日本人の美意識には、★206勾玉《まがたま》という遠い時代のことはさておき、光りものを好まないという要素があったから、透きとおったクリスタル・グラスで茶をのむというのはどうかという拒絶が働いたのかもしれない。

大書院を辞し、小書院の「黄昏の間」の軒下から片流れだけの屋根をつけた茶室にすわってみた。

有名な八窓軒《はっそうけん》である。

平天井にすきまなく張られた蒲《がま》が、二世紀の歳月によって別の物質に変化したように、硬質の脂色を帯びて、窓のあかりをしずかにうけている。

壁上も、当時どの民家にも塗られていたかと思えるような粗末な土で、切りわらがみだれて露出している。切りわらは壁の強度を出すためのものだが、むろん美的にはそれがねらいではなく、わらとともに壁土を足でこねたままの泥を塗りこめただけの★207賤《しず》が苫《とま》家《や》の感触を、実際の苫家以上のぶあつい現実感をもって表出している。壁の一面だけは

★206 曲玉とも書く。C字形に湾曲した装身具のこと。

★207 身分が低いものが住むような、そまつな家。

煤《すす》を入れてこねたらしく、黒壁になっており、そのいずれもが古びて絵の具では表現しがたい温かい色になっている。

窓が八つある。奈良仏教の倶舎《くしゃ》、成実《じょうじつ》、律《りつ》、法相《ほっそう》、三論、華厳《けごん》に、平安仏教の天台、真言を入れた八宗をあらわすというが、そういうことよりも八つも窓をもつ茶室はめずらしい。

良尚は、このあかるさが好きだったのであろう。

その窓にはむろん紙障子が貼られている。外光は紙障子によってなまの光線のもつけばけばしさが殺され、寂光という思想的な明度に変化させられる。

この時代のひとびとの感覚に、カラーテレビの輝度の高い色彩に馴れたわれわれは、とうてい及びそうにない。

(『司馬遼太郎『街道をゆく』〈用語解説・詳細地図付き〉叡山の諸道Ⅱ』につづく)

【本文写真、図版　提供先一覧】

ＰＩＸＴＡ（24、28、38、48、81、82、95、123ページ）
比叡山延暦寺（37、63ページ）
便利堂（39ページ）
ペイレスイメージズ（45ページ）
国立国会図書館（54、55、128ページ）
東京大学史料編纂所（57ページ）
日吉大社（60ページ）
東京大学史料編纂所所蔵模写（106、121ページ）
田廻良弘（119ページ）
とくに記載のないものは、朝日新聞社、朝日新聞出版および編集部撮影

連載・週刊朝日…………一九七九年十月十九日号〜一九八〇年一月四日号
単行本………………………一九八一年十一月　朝日新聞社刊
ワイド版……………………二〇〇五年六月　朝日新聞社刊
文庫版………………………一九八五年七月　朝日新聞社刊
新装文庫版…………………二〇〇八年十一月　朝日新聞出版刊

［校訂・表記等について］

1. 地名、地方自治体、団体等の名称は、原則として単行本刊行時のままとし、適宜、本書刊行時の名称を付記した。

2. 振り仮名については、編集部の判断に基づき、著作権者の承認を経て、追加ないし削除した新装文庫版に準じた。

司馬遼太郎（しば・りょうたろう）
一九二三年、大阪府生まれ。大阪外事専門学校（現・大阪大学外国語学部）蒙古科卒業。六〇年、『梟の城』で直木賞受賞。七五年、芸術院恩賜賞受賞。九三年、文化勲章受章。九六年、逝去。
主な作品に『燃えよ剣』、『竜馬がゆく』、『国盗り物語』（菊池寛賞）、『世に棲む日日』（吉川英治文学賞）、『花神』、『坂の上の雲』、『翔ぶが如く』、『空海の風景』、『胡蝶の夢』、『ひとびとの跫音』（読売文学賞）、『韃靼疾風録』（大佛次郎賞）、『この国のかたち』、『対談集 東と西』、『草原の記』、『対談集 日本人への遺言』、『鼎談 時代の風音』、『街道をゆく』シリーズなどがある。

司馬《し》《ば》遼太郎《りようたろう》『街道《かいどう》をゆく』〈用語《ようご》解説《かいせつ》・詳細地図《しょうさいちず》付《つ》き〉
叡山《えいざん》の諸道《しょどう》Ⅰ

二〇一六年三月三十日　第一刷発行

著　者　司馬遼太郎
発行者　首藤由之
発行所　朝日新聞出版
〒一〇四-八〇一一　東京都中央区築地五-三-二
電話　〇三-五五四一-八八三二（編集）
　　　〇三-五五四〇-七七九三（販売）

印刷製本　凸版印刷株式会社

Published in Japan by Asahi Shimbun Publications Inc.
ISBN978-4-02-251354-0
定価はカバーに表示してあります
落丁・乱丁の場合は弊社業務部（電話〇三-五五四〇-七八〇〇）へご連絡ください。
送料弊社負担にてお取り替えいたします。

単行本

司馬遼太郎

『街道をゆく』〈用語解説・詳細地図付き〉

ライフワーク『街道をゆく』の全文にあわせ、詳細な用語解説と地図や図版などを多数掲載。

中高生から大人まで。司馬作品に触れるきっかけに！

『近江《おうみ》散歩』

「どうにも好きである」という滋賀県＝近江の歴史を描きつつ、琵琶湖の乱開発に警鐘を鳴らす。

『奈良散歩』

東大寺の「お水取り」を訪問し、奈良に刻まれる千年の歴史から「文明」と「文化」の違いを考察する。

『本所《ほんじょ》深川《ふかがわ》散歩』

「文七元結」など落語を枕に、江戸の風情を感じながら、近代日本文学誕生までの歴史を巡る。

『神田界隈《かいわい》』

司馬さんにとってなじみ深い古書街を舞台に、近代日本の知性を支えた人々の姿を描く。

『本郷界隈Ⅰ・Ⅱ』

明治時代に西洋文明を地方に伝える〝配電盤〟の役割を担った東京大学を中心に、坂の町を歩く。

「司馬遼太郎記念館」のご案内

司馬遼太郎記念館は自宅と隣接地に建てられた安藤忠雄氏設計の建物で構成されている。広さは、約2300平方メートル。2001年11月に開館した。

数々の作品が生まれた自宅の書斎、四季の変化を見せる雑木林風の自宅の庭、高さ11メートル、地下1階から地上2階までの三層吹き抜けの壁面に、資料本や自著本など2万余冊が収納されている大書架、……などから一人の作家の精神を感じ取っていただく構成になっている。展示中心の見る記念館というより、感じる記念館ということを意図した。この空間で、わずかでもいい、ゆとりの時間をもっていただき、来館者ご自身が思い思いにしばし考える時間をもっていただきたい、という願いを込めている。（館長　上村洋行）

利用案内

所在地　大阪府東大阪市下小阪3丁目11番18号　〒577-0803
TEL　06-6726-3860、06-6726-3859（友の会）
HP　http://www.shibazaidan.or.jp
開館時間　10:00〜17:00（入館受付は16:30まで）
休館日　毎週月曜日（祝日・振替休日の場合は翌日が休館）
特別資料整理期間（9/1〜10）、年末・年始（12/28〜1/4）
※その他臨時に休館することがあります。

入館料

	一　般	団　体
大人	500円	400円
高・中学生	300円	240円
小学生	200円	160円

※団体は20名以上
※障害者手帳を持参の方は無料

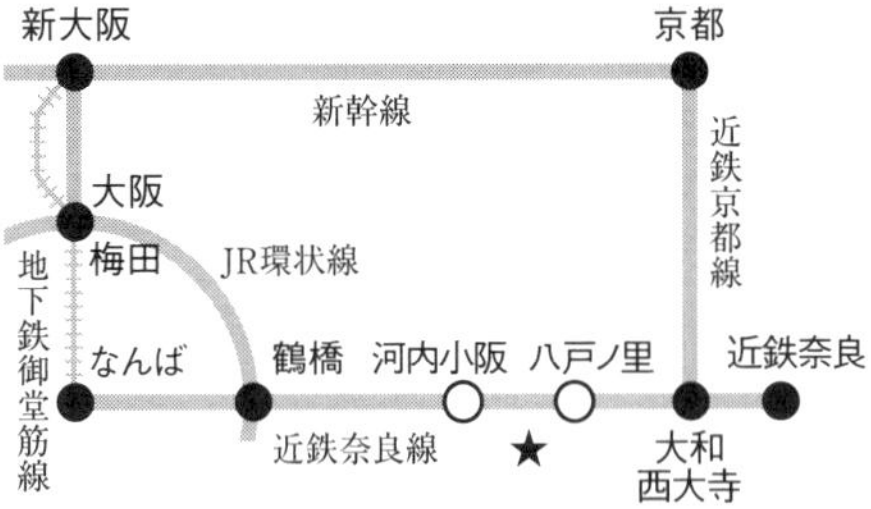

アクセス　近鉄奈良線「河内小阪駅」下車、徒歩12分。「八戸ノ里駅」下車、徒歩8分。
Ⓟ5台　大型バスは近くに無料一時駐車場あり。但し事前にご連絡ください。

記念館友の会　ご案内

友の会は司馬作品を愛し、記念館を支えてくださる会員の皆さんとのコミュニケーションの場です。会員になると、会誌「遼」（年4回発行）をお届けします。また、講演会、交流会、ツアーなど、館の行事に会員価格で参加できるなどの特典があります。

年会費　一般会員3000円　サポート会員1万円　企業サポート会員5万円
お申し込み、お問い合わせは友の会事務局まで
TEL 06-6726-3859　FAX 06-6726-3856